托塔天王中毒箭・水滸群英受招安

4

萌漫大話水滸傳

繪時光 **編繪**

野人

Graphic Times 54

托塔天王中毒箭‧水滸群英受招安

4

萌漫大話

水滸傳

編　　繪　繪時光
文字創作　李銘　趙繼承

野人文化股份有限公司

社　　長　張瑩瑩
總 編 輯　蔡麗真
責任編輯　徐子涵
行銷經理　林麗紅
行銷企畫　李映柔
封面設計　彭子馨
內頁排版　洪素貞

出　　版　野人文化股份有限公司
發　　行　遠足文化事業股份有限公司 (讀書共和國出版集團)
　　　　　地址：231 新北市新店區民權路 108-2 號 9 樓
　　　　　電話：（02）2218-1417　傳真：（02）8667-1065
　　　　　電子信箱：service@bookrep.com.tw
　　　　　網址：www.bookrep.com.tw
　　　　　郵撥帳號：19504465 遠足文化事業股份有限公司
　　　　　客服專線：0800-221-029
法律顧問　華洋法律事務所　蘇文生律師
印　　製　凱林彩印股份有限公司
初版首刷　2024 年 7 月

國家圖書館出版品預行編目（CIP）資料

萌漫大話水滸傳 . 4, 托塔天王中毒箭 水滸群
英受招安／繪時光繪；李銘，趙繼承著 .-- 初
版 .-- 新北市：野人文化股份有限公司出版：
遠足文化事業股份有限公司發行，2024.06
　面；　公分 . -- (Graphic times；54)
ISBN 978-626-7428-78-8(平裝)

1.CST: 水滸傳 4.CST: 漫畫

857.46　　　　　　　　　　　　113008700

本書原簡體中文版名為《萌趣水滸（全 7 冊）》，
由四川天地出版社有限公司出版。中文繁體字
版通過成都天鳶文化傳播有限公司代理，經四
川天地出版社有限公司授予野人文化股份有限
公司獨家出版發行，非經書面同意，不得以任
何形式，任意重制轉載。

萌漫大話水滸傳 (4)

野人文化　野人文化　　線上讀者回函專用
官方網頁　讀者回函　　QR CODE，你的寶
　　　　　　　　　　　貴意見，將是我們
　　　　　　　　　　　進步的最大動力。

第 1 章
晁天王之死

水滸人物檔案	文化小百科	歷史大揭祕
玉麒麟盧俊義	玉麒麟象徵什麼？	曾頭市是影射金國？
36	35	34

第 2 章
石秀劫法場

歷史大揭祕	文化小百科	水滸人物檔案
沙門島有多可怕？	藏頭詩	拼命三郎石秀
64	65	66

第 **5** 章
黑旋風元夜鬧東京

水滸人物檔案	文化小百科	歷史大揭祕
沒遮攔穆弘	太尉	名妓李師師
156	155	154

第 **6** 章
宋公明兩贏童貫

歷史大揭祕	文化小百科	水滸人物檔案
權宦童貫	九宮八卦陣	沒羽箭張清
184	185	186

第 9 章
宋公明神聚蓼兒漥

水滸人物檔案	文化小百科	歷史大揭祕
撲天雕李應	東床駙馬	歷史上的方臘起義
272	271	270

第 1 章

晁天王之死

金毛犬送馬惹禍端

這一天，有個綽號叫「金毛犬」的人來見宋江，說要送給宋江一匹寶馬。原來這人叫做段景住，而這匹寶馬叫做照夜玉獅子馬，可以日行千里。這寶馬原本是大金國王子的，被段景住給偷來了。

李逵一聽不樂意了，說了半天你這是給宋江哥哥畫了一張餅啊，不，是畫了一匹馬啊。

段景住就這樣在梁山泊住下，本來宋江已經把這件事給忘了，可不久後，段景住又提起寶馬的事情。

我說這是給梁山泊宋江哥哥的寶馬，那「曾家五虎」把我一頓胖揍啊。

哎呀，又胖揍一遍！

戴宗兄弟，你去打探一下情況吧。

「神行太保」戴宗馬不停蹄地去曾頭市打聽那匹馬的下落，很快回來彙報了情況。

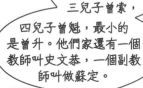

大兒子曾塗，二兒子曾參，三兒子曾索，四兒子曾魁，最小的是曾升。他們家還有一個教師叫史文恭，一個副教師叫做蘇定。

曾頭市有三千餘家，這老頭原是大金國人，名為曾長者，家裡五個兒子，號為「曾家五虎」。

戴宗說他們有幾千人馬，發誓要跟梁山泊對抗到底。
那裡街上的小孩都在唱這樣的童謠：「掃蕩梁山清水
泊，剿除晁蓋上東京。生擒『及時雨』，活捉『智多
星』。曾家生五虎，天下盡聞名。」

晁蓋點了五千人馬，派了二十一個頭領下山。宋
江和吳用在金沙灘為他們餞行，正在喝酒的時
候，忽然颳起一陣狂風，晁蓋的軍旗被吹斷了。

宋江等人苦勸不住，晁蓋引兵去了。梁山泊大軍很快
到達曾頭市，雙方擺開陣勢開戰。

林沖殺出後大戰曾魁，雙方打了二十多個回合，曾魁
戰敗而逃。第二天，雙方又是一頓廝殺，沒有分出勝
負。晁蓋回到大帳裡，悶悶不樂。

賊寇，你們是
來找死！

這小子狂妄，
我去教訓他。

第四日，忽然有兩個和尚來拜見晁蓋。
林沖感覺兩個和尚可疑，趕緊勸說晁蓋要慎重對待，
兩個和尚一聽不樂意了。

晁蓋對和尚的話深信不疑，當晚率領十個頭領跟隨和
尚出發了。

兩個和尚引路，晁蓋一行人來到了法華寺。晁蓋下馬進入寺內，發現一個僧人都沒有。和尚解釋說都是被「曾家五虎」給迫害後還俗了。

真是沒有人性啊！

和尚讓他們先待在這裡，等三更十分再去偷襲大寨。晁蓋按捺住激動的心情，一直在寺裡苦等。三更到了，兩個和尚在前邊帶路，晁蓋帶領人馬緊緊跟隨。

這「曾家五虎」實在可惡，抓住他們以後，我一定好好教訓他們。等等，師父哪去了？

這麼多人居然沒跟住兩個和尚，走了五里多路後，兩個和尚突然不見了。晁蓋感覺不對，讓呼延灼找原路返回，可是一切都已經晚了。霎時間，四下裡金鼓齊鳴，喊殺陣陣，到處都是火把。

晁天王輕敵中毒箭

晁蓋率領人馬在黑暗中突圍，不想亂箭齊發，一支箭射中了晁蓋的臉，晁蓋「哎呀」一聲翻身落馬。
幸虧呼延灼和燕順及時趕到，拚死救下晁蓋。梁山大軍殺出重圍，清點人馬後發現損失慘重。

林沖等人把晁蓋抬回大帳，仔細查看傷情。只見那箭正射在晁蓋的面頰上，林沖等人趕緊拔下了箭，箭身上寫著「史文恭」三字。

是史文恭！

把箭給我，我看看是誰射的？

林沖幫晁蓋敷上金創藥，這才發現這箭是有毒的。晁蓋疼得不能說話了，林沖等人趕緊護著晁蓋返回梁山泊。

哥哥挺住啊。

宋江守在床前不停地哭，親自給晁蓋端藥喝。晁蓋自知回天乏術，拉著宋江的手說了最後的話。
宋江見晁蓋慘死，哭得死去活來，吳用和公孫勝等人苦苦相勸。

大哥，你不能死啊！

公孫勝

賢弟保重，若哪個兄弟捉到射死我的史文恭，便叫他做梁山泊首領。

寨中不能一日無主，衆頭領商議後，推舉宋江當梁山泊首領，但宋江卻推託不肯。

我何德何能，我不能當……

哥哥，你可別說了，別說這水泊梁山，你就是當大宋的皇帝都沒有問題。

順嘴胡說。

你心裡是不是也想過？

你個沒腦子的黑鐵牛，我割掉你的舌頭。

吳用等人趕緊勸說，宋江才沒有繼續追打李逵。宋江堅持認爲，晁蓋臨死之前有過遺囑，誰抓住史文恭就可以當梁山泊的一把手，必須要尊重晁蓋的遺囑。

哥哥先當著首領，等捉住史文恭再說唄。

就是啊。

明明想做一把手，卻屢次三番推讓！

就這樣，宋江在眾人的一再勸說下，當了梁山泊首領。宋江安排了各位好漢的座次，還把聚義廳改爲了忠義堂。

宋江當上寨主後的第一件事就是要爲晁蓋報仇，興兵去打曾頭市。吳用勸他先不要著急，過了晁蓋的一百天祭日後再去報仇不遲。

這三個字變了模樣，合了宋江哥哥的心意了。

我要馬上去攻打曾頭市，爲晁蓋哥哥報仇雪恨。

他們又不能逃走，不用著急。

智多星賺玉麒麟上山

這一天，梁山泊請到了北京大名府龍華寺的僧人大圓。宋江問起北京有哪些好漢，大圓笑了，向宋江說起了一個人。

北京城有個「玉麒麟」盧俊義，是「河北三絕」之一。他有一身好武藝，棍棒天下無敵。

哈哈，我略施小計，就能把他請到咱們這來。

先生何時動身？

軍師哥哥，鐵牛給你當助手！

大圓

宋江一聽吳用這麼說，心裡十分高興，馬上同意吳用親自去把盧俊義給請到梁山泊來。
但他一看李逵自告奮勇，心裡不悅。

別哪裡有事都有你，你能當助理嗎？

哼，我說點實話，哥哥就嫌棄我！今天我非去不可！

李逵跟宋江鬧起來沒完，吳用一看，只好答應讓李逵當助手。但是，吳用提出和李逵約法三章。

一，不准喝酒；二，扮成道童，聽我指揮；三，不能說話，當啞巴。

好吧，我嘴裡含著銅錢，不說話就是了。

就這樣，李逵跟吳用出發了。結果出了梁山泊，李逵就現了原形，氣得吳用沒有辦法。

不是不讓你說話嗎？你吵得我耳朵都要聾了。

這不是沒有外人嗎？

你為什麼偷著喝酒？

我又沒有喝多。

你回去吧，我不要你當助理了。

嘻嘻，軍師哥哥莫生氣，我儘量改還不行嗎？

吳用沒有辦法，只能帶著李逵。李逵倒是聽話了，再也不說話了，但是一拳把店小二的門牙打掉了，害得吳用趕緊賠禮道歉，還補給人家銀子。

吳用扮做算命先生去見盧俊義，盧俊義叫吳用給他算一卦。吳用大叫一聲：「怪哉」！嚇了盧俊義和李逵一跳。

盧俊義當然不信，自己生在富貴人家，祖宗三代也沒有犯法之人，自己做人做事也十分謹慎，哪裡來的血光之災。

吳用見盧俊義追問，不慌不忙，告訴他可以躲避血光之災的辦法。吳用在牆壁上寫了四句卦歌：「蘆花叢裡一扁舟，俊傑俄從此地遊。義士若能知此理，反躬逃難可無憂。」

吳用帶著李逵就走，踏上了返程之路。李逵還沒玩夠，不知道吳用這是什麼意思。

你胡謅那麼幾句，就完事兒了？

咱們星夜趕回山寨，才能安排圈套叫盧俊義鑽。

送走了吳用，盧俊義心裡犯起了嘀咕，越琢磨越感覺不對勁。他趕緊找來自己的兩個心腹，一個是管家李固，一個是「浪子」燕青。

剛才算卦的說我有血光之災，還指出了破災之策。我要去東南一千里之外的泰安州燒香消災，你們準備一下行李。

主人，你可不能聽算卦的胡說八道。

燕青

對啊，那是封建迷信。

李固

燕青告訴盧俊義，去泰安州要路過梁山泊，那裡有宋江等人打家劫舍，官兵都惹不起，咱們可不能往那裡去。

不聽不聽，休要念經，李固啊，還是你跟我去吧。

我最近身體不好，不能去啊。

好吧。

你這是成心氣我，你再不舒服也得跟我走！

眾人不敢再勸，李固忍氣吞聲安排行李。盧俊義準備停當後，帶著車隊出門上路。他的娘子也來送行，盧俊義囑咐了一番。

我多則三個月，少則四、五十天就回來了。

盧夫人賈氏

盧俊義在路上行走數日，來到一家客店住宿。店小二
告訴盧俊義，前面就是梁山泊，要他千萬小心。
盧俊義高調路過梁山泊，絲毫沒有懼怕的意思。李固
等人嚇得跪地求饒，叫盧俊義一定要低調。

一些草寇何足掛齒，我不怕他們。

你們準備好繩子，他們敢劫道，我就打翻他們，你們再把他們綁了。

主人，我們還想活命呢。

過了崎嶇的山路，很快就到了梁山泊，路過樹林的時候，上千個嘍囉把車隊包圍了。

林子裡一聲炮響，李逵手拿板斧衝了過來。

盧俊義和李逵戰在一處，李逵掄起板斧砍了三下，他見沒砍倒盧俊義，轉身就跑。

爺爺三板斧完事兒，我走嘍。

你給我站住！

盧俊義正追李逵，身後有人哈哈大笑。盧俊義回身一看，是「花和尚」魯智深掄著禪杖衝了過來。

盧員外，吃我三禪杖，趕緊入夥吧。

魯智深

看招！

魯智深和盧俊義鬥了三個回合，轉身就走。盧俊義緊緊追趕，迎面被武松截住。

武松跟盧俊義鬥了三個回合，轉身也跑了，換成「赤髮鬼」劉唐跟盧俊義交手。劉唐打了幾下，「沒遮攔」穆弘衝了過來，接著，「撲天雕」李應也趕來湊熱鬧。

打著打著幾個人都跑了，盧俊義也不知道該追哪一個
了。他氣得拎著刀回來，發現車隊和李固都被人抓去
了。

盧俊義正要休息，樹林裡的朱仝和雷橫殺了出來，圍
著盧俊義就是一頓打。盧俊義跟他們打了三個回合，
朱仝和雷橫也跑了。

山坡上鑼鼓齊鳴，盧俊義看到宋江和吳用在那裡指指點點，心裡十分氣惱。

哥哥，你看我把盧員外給請來了吧？

歡迎入夥。

你們有什麼本事要我入夥？

見盧俊義不服氣，「小李廣」花榮彎弓搭箭，「嗖」的一聲把盧俊義頭上氈笠的紅纓給射掉了。盧俊義嚇得不輕，心想這梁山泊果然有高人啊。

呀！好險！

趕緊入夥！

接著「雙鞭」呼延灼和「金槍手」徐寧，還有「豹子頭」林沖殺了過來，盧俊義一看這幫人要群毆自己，只好逃走。可是他慌不擇路，跑進了一片蘆葦蕩。
盧俊義被「阮氏三雄」和李俊、張順等人包圍，盧俊義是一點辦法沒有了，很快就被拖入水中束手就擒。

曾頭市是影射金國？

　　以盜馬為生的段景住來投靠梁山，自稱本來盜取了大金皇子的寶馬「照玉獅子」當作自己上梁山的見面禮，可惜路過曾頭市被曾家五虎搶了去。後來戴宗又提及曾家五虎揚言要蕩平梁山，惹怒晁蓋，率軍攻打曾頭市卻不幸身亡。

　　而「曾頭市」其實暗指金國，曾頭市與梁山泊的怨仇就是在影射宋金兩國的關係。曾頭市地處山東，在宋江起義時，遼國尚在，在金國與山東之間還隔著幅員遼闊的大遼國，金人要過來經商是很困難的。但小說不但強調曾氏家族其實是金國人，甚至段景住所偷的馬也是大金皇子的寶馬，明顯是故意把矛盾的焦點不斷引向金國。

　　另外，晁蓋在攻打曾頭市時中箭身亡，也好像有所影射。靖康之變，徽、欽二帝被虜，死在了異國他鄉。而小說中晁蓋是梁山泊之主，他的身份也就相當於一國之君，曾氏兄弟殺了晁蓋，也就如同金國當年害死了宋王朝的皇帝，尤其是據說欽宗皇帝也是被敵人用箭射死的，這就使兩個事件本身的聯繫更明顯了。

　　小說虛構這段故事或者就是要提醒大家勿忘國恥，就如同梁山英雄誓要消滅敵人為晁蓋報仇雪恨一樣，竭盡所能洗刷歷史的恥辱，維護民族的尊嚴。

玉麒麟象徵什麼？

盧俊義綽號「玉麒麟」，龔開《宋江三十六人畫贊》解釋道：「白玉麒麟，見之可愛。風塵太行，皮毛終壞」，暗示盧俊義生不逢時，所以下場悲慘。那麼「玉麒麟」是指什麼呢？

麒麟是中國古代傳說中的瑞獸，據說牠長著羊的腦袋、狼的蹄子，圓圓的頭頂，從描述來看應該是古人捏合幾種不同動物的特徵而創造的形象。在古人觀念中，麒麟是仁德的象徵，傳說孔子出世和去世時，都曾經有麒麟出現，所以人們就把麒麟現世看作聖人在世、天下太平的象徵。

另外，「玉」在古代也常與「君子」聯繫在一起，謙謙君子，溫潤如玉，就是說君子謙恭有禮、秀外慧中，就如同美玉一般柔潤而有光澤。那麼「玉麒麟」就是象徵仁德君子。

梁山英雄的綽號如「病關索」「病尉遲」「賽仁貴」等大多都是借用古代著名武將來形容好漢們的傑出才能，只有盧俊義的綽號指向了文人，暗含了傳統文人溫和、仁厚等等價值觀。這或者解釋了宋江堅持賺盧俊義上山的原因，因為在他身上有梁山隊伍最缺少的東西。

不過可惜君子之風的盧俊義生在一個奸臣當道、是非不分、黑白顛倒的世界，仁德在這裡根本毫無用處，反而成了他人生最大的絆腳石。

唉，生不逢時啊！

盧俊義

文化小百科

玉麒麟盧俊義

盧俊義

星名：天罡星

座次：2

綽號：玉麒麟

職業：富商

武器：棍棒

梁山職司：梁山泊總兵都頭領

外貌：身高九尺，八字眉毛，雙目炯炯有神

主要事蹟：盧俊義是大名府的富商，宋江為壯大梁山聲勢，派吳用與李逵設計逼盧俊義上山。吳用設法讓盧俊義寫下藏頭反詩，在盧俊義外出避禍時設伏將他活捉。宋江等軟禁了盧俊義兩個多月，讓人誤以為他已經落草為寇。盧俊義返回家中時被李固告發，被捕後屈打成招打入死牢。宋江等三打大名府救出盧俊義，盧俊義隨眾人上梁山。上梁山後盧俊義率兵攻打曾頭市，活捉史文恭，一戰成名。後隨宋江一起南征北戰，參加了多次大型戰役。兩破童貫時盧俊義活捉童貫手下大將酆美；征遼時盧俊義獨自挺槍酣戰大遼四員猛將，戰勝耶律宗霖，將遼兵殺得四散奔逃。在征討田虎、王慶、方臘時，活捉卞祥，斬殺杜壆，殺方翰等，表現出卓越的才能。平方臘勝利歸來後，盧俊義被封為廬州安撫使兼兵馬副總管。後被奸臣暗算，誤食水銀而亡。

人物評價：盧俊義是手握王炸牌出場的，大名府知名富商，事業有成、家庭美滿，結果一手好牌卻被他打得稀爛。平方臘凱旋後，燕青提議辭官還鄉，他仍執迷不悟。說到底就是一個智商情商都不夠的人，再武藝了得，終究是有些呆氣。

京城內、家傳清白，積祖富豪門。殺場臨敵處，衝開萬馬，掃退千軍。更忠肝貫日，壯氣凌雲。慷慨疏財仗義，論英名、播滿乾坤。盧員外，雙名俊義，綽號玉麒麟。

第2章
石秀劫法場

梁山泊宴請盧俊義

盧俊義不識水性，被梁山泊這些水性好的好漢給捉上了山。宋江等人看見盧俊義，老早就下了馬，宋江先跪下，弄得盧俊義挺不好意思。

這是幹嘛？

我們的初衷是好的，可能方法不當。

誠邀盧員外加入梁山泊。

不管宋江和吳用如何勸說，盧俊義態度很堅決，他感謝宋江等人的不殺之恩，但是入夥的事情免談。

你們的好意我領了，我寧可死，也不能入夥。

嘿，這可怎麼辦啊？

咱們慢慢來。

盧俊義不同意加入梁山泊，宋江和吳用等人不停下功
夫，梁山好漢找各種藉口請盧俊義喝酒。

宋江安排完酒席，吳用接著安排，吳用安排完畢，各
位好漢依次安排。盧俊義一看這可不行啊，自己在這
裡整天喝酒，家裡人肯定惦記自己。

李固辭別盧俊義下山，吳用老早就在山下等著呢。

剛才你家主人答應當梁山泊的二把手了，本來他想殺掉你們的，可是我們梁山泊不能那麼幹。

我的天啊！

盧俊義早有反心，他在家裡牆壁上寫了一首藏頭詩。

李固一聽嚇得渾身冒汗，吳用把四句詩說給了李固聽：「蘆花叢裡一扁舟，俊傑俄從此地遊。義士手提三尺劍，反時須斬逆臣頭」。

盧俊義反？！哎呀，主人好陰險啊。

你細品一下。

注：為使李固相信盧俊義確實要造反，吳用將最後兩句詩做了改動，聽起來造反意味更濃。

宋江和吳用請完客，林沖安排酒席，林沖這邊結束後，公孫勝也預備好了，那李逵一看也要湊熱鬧。

盧俊義萬般無奈，只好耐著性子去赴宴。每次宴請的主題都是挽留盧俊義，但盧俊義不管喝了多少酒，始終保持頭腦冷靜。

轉眼間四十多天過去了，梁山泊的好漢還是沒有拗過盧俊義。

這次吳用說話算話，第二天送盧俊義下山。

盧俊義終於離開了梁山泊，真像小鳥掙脫牢籠一樣愜意。心想這酒喝的啊，幸虧自己意志力強大。

我不光酒量好，意志也很強大。

到了北京城，他迎面遇到蓬頭垢面的燕青，盧俊義嚇了一跳。

這是幹什麼？你搞行為藝術啊？

主人啊，聽說你歸順了梁山泊，做了二把手。

滾！不要信謠傳謠！

李固回來後說的。

燕青

玉麒麟落難入死牢

盧俊義揪住燕青一頓罵，燕青接下來說出的一番話，
更叫盧俊義惱火。

> 李固已經和你家
> 娘子結婚了，還把我
> 打出來了，我現在靠
> 乞討為生呢。

> 呸！我娘子不是
> 那樣的人，滾！

盧俊義痛罵燕青挑撥離間，一腳踢翻燕青，氣鼓鼓地
回家去了。盧俊義進了門，大小管家們都愣了。

> 都看我幹什
> 麼？還不見過
> 你們主人。

> 二當家好。

> 什麼二當家
> 的？我沒在梁
> 山泊入夥。

管家

李固和娘子一看盧俊義回來，嚇得不輕。他們強裝鎮靜，一邊安撫盧俊義，一邊趕緊去官府報案。

梁山泊二當家的在這裡，快來抓啊。

什麼意思啊你們？

就這樣，盧俊義被抓到了官府，梁中書開始審問盧俊義。盧俊義百口難辯，因為證人是李固和娘子。

我就跟梁山泊那些人喝了四十天酒，我真沒答應入夥啊。

得狠狠地打！他在家裡都寫了反詩了。

你還是招了吧，我知道你是什麼樣的人！

會說的不如會聽的，你跟梁山賊寇串通一氣，還來矇騙本官。

梁中書

就這樣，盧俊義屈打成招，被關進了監牢。李固心想，如果不要了盧俊義的命，他要是活著出獄，倒楣的肯定是自己，所以就趕緊花錢打點。

監獄裡有兩個獄卒，一個叫「鐵臂膊」蔡福，一個叫「一枝花」蔡慶。蔡福下班回家，在門口遇到了「浪子」燕青。

蔡福要去赴宴，李固在茶樓等他。李固拿出五十兩金子來，要蔡福晚上把盧俊義給幹掉。

你打發要飯的呢？

我再加五十兩。

我沒時間跟你討價還價，這是什麼好事啊？

那你說得多少錢？

最少五百兩，你們家人的命就值五十兩一條啊！

李固雖然心疼金子，但是更想要了盧俊義的命，他答應給蔡福五百兩金子，蔡福就讓他明天早上來收屍。

那我去湊金子，你可得說話算數啊。

你放心，我說話算數！

蔡福回到家裡，發現「神行太保」戴宗在等著他呢。蔡福嚇懵了，心想我和李固串通謀財害命的事情，梁山泊怎麼這麼快就知道了。

這是一千兩黃金，要你保盧員外的性命。要是保不住，梁山大軍先把你幹掉。

啊！

蔡福抱著一千兩黃金嚇得不知所措，趕緊把蔡慶找來商量對策。
蔡福和蔡慶商量好以後，開始拿黃金上下打點，盧俊義的伙食待遇也好了起來。李固一直等著收屍呢，結果發現盧俊義的小日子過得挺滋潤。

你不是說你說話算話嗎？

我可沒說過這話！

你們倆太坑人了。

蔡慶

俗話說得好，有錢能使鬼推磨。這些接受了好處的貪官污吏，集體轉變了態度。盧俊義最終沒被定死罪，判了脊杖四十，發配到三千里外的地方。

我還得繼續花錢把盧俊義弄死。

這次押解盧俊義的兩個官差是董超和薛霸，這兩個傢
伙以前押解林沖去滄州，在野豬林想害林沖，被魯智
深差點揍死。他們回去以後被高俅一頓痛罵，刺配到
北京了，誰想到梁中書挺賞識他們倆。

這董超和薛霸接受了李固的好處，答應在半路上結果
了盧俊義。

兩個官差心懷鬼胎，一路上對待盧俊義那是百般刁難。

到了客店裡，他們叫盧俊義去灶下燒火。盧俊義在家裡沒幹過這種活計，飯做不成，還弄了滿屋的煙，被董超和薛霸一頓拳打腳踢。

董超和薛霸自己吃飽喝足，就給盧俊義一點殘羹剩飯。盧俊義難以下嚥，內心是感慨萬千。

盧俊義腳上磨起了泡，兩位官差也不讓他休息。到了一片小樹林，他倆把盧俊義給綁起來了。

盧俊義心中叫苦不迭，心想我也沒犯死罪，你們兩位
官差怎麼私設公堂啊。

你閉上眼，我一
棒子差不多就能
打死你。

盧俊義眼裡流淚，閉上眼睛等死。只聽「撲通」一聲，
盧俊義以為這是自己被打死了。結果倒在地上的是薛
霸，面前站著笑咪咪的燕青。

我就用這箭射死
你個壞人！

董超在外面聽到樹林裡的響動，以爲盧俊義死了。他樂顚顚跑回來，發現盧俊義在樹上好好綁著呢，而薛霸卻趴在地上。董超上前一扶，這才感覺不對勁兒。

燕青從樹後鑽出來，一箭把董超也射死了。

盧俊義慢慢睜開眼睛，被眼前的一幕嚇懵了。

燕青抱住盧俊義放聲大哭，盧俊義非常感動。

盧俊義渾身都是傷痕，尤其是腳底起了泡，根本走不動，燕青就背著盧俊義趕路。

歇會兒吧，累著你了。

官府很快發現了董超和薛霸的屍體，派出兵馬追趕盧俊義和燕青。

燕青背著盧俊義走得很慢，很快就被人發現了。

燕青去找吃的，盧俊義一個人被官兵發現，一群官兵把盧俊義綁了起來。

拚命三郎跳樓劫法場

燕青找到吃的回來，看見囚車押著盧俊義走了，急得沒有辦法。

燕青身上分文沒有，餓著肚子走得慢。看見小路上走過來兩個人，衝上前去搶劫。

餓著肚子的燕青哪裡是兩個人的對手，很快就被制服了。

你也搶不走啊。

太給同行丟臉了，我殺了你。

燕青一想起盧俊義救不成，自己還把命喪了，悲從心來。

真是虛驚一場，楊雄和石秀趕緊報出自己姓名。原來他們是受宋江委託，來探聽盧俊義行蹤的。

燕青把盧俊義的情況做了彙報，楊雄和石秀見事情緊急，趕緊商量辦法。
楊雄和燕青趕緊上路，石秀也不敢耽誤，急忙趕到了北京城。

石秀第二天來到城裡，找到一家酒樓坐下，發現很多店鋪開始關門閉戶。

盧俊義被抓回來以後，梁中書意識到問題嚴重。原來判的是刺配，他卻勾結梁山泊賊寇把官差給殺了，這是死罪啊。那李固一聽，高興壞了，上下打點，非要斬了盧俊義。

不審了，直接問斬！

石秀在樓上看到十字街口的劊子手要斬了盧俊義，立即大喝一聲，從樓上跳下。阻攔的官兵被石秀一頓砍殺，他拉起盧俊義就跑。

梁山好漢來也！

這回你們完蛋了，梁山大軍殺來了。

很快梁中書就緩過神來了，發現只有石秀一個人，他
快速調集大軍，把石秀和盧俊義都抓住了。

沙門島有多可怕？

宋江等設計讓官府誤以為盧俊義已投靠了梁山泊，回到家的盧俊義很快被官府抓住並屈打成招，判刺配沙門島。而沙門島在當時可是一個人人談之色變的地方。

沙門島是登州蓬萊縣（今山東蓬萊）北部海中的一個小島。大文學家蘇軾曾經在登州任職，據他描述，站在登州海邊可以看到五座小島，距離最近的就是沙門島。不過遠遠看去其他島都綠樹叢叢，只有沙門島一片焦枯。可以想見沙門島自然環境非常惡劣。

宋初太祖趙匡胤就把沙門島定為重刑犯的流放地。一些殺人越貨、被判了死刑的罪犯，因為朝廷恩赦等原因減刑，就常被改判流放沙門島，所以流放沙門島可以說是流刑中最重的刑罰了。不過對很多人來說，流放沙門島跟死刑根本沒多大區別。

沙門島環境惡劣，島上流犯和管理犯人的官吏只能依靠朝廷配給的糧食為生。可是作為指定流放地，沙門島的犯人數量經常是超標的。最開始官府限定沙門島流犯人數是 200 人，後來增加到 300，可沙門島實際犯人數卻有六七百人。因為朝廷按人頭發糧食，官吏就會設法把超額的犯人折磨致死，或者直接扔進海裡。流放沙門島幾乎相當於有去無回。

好險啊，幸好我沒去！

藏頭詩

為賺盧俊義上山，吳用扮作卦師，假意斷言盧俊義有血光之災，騙他把自己口占的四句卦歌寫在牆壁上：「蘆花叢裡一扁舟，俊傑俄從此地遊。義士若能知此理，反躬逃難可無憂。」字面的意思是勸盧俊義出遊躲避血光之災，其實暗藏玄機。這其實就是一首藏頭詩，每句詩第一個字合在一起就是「盧俊義反」。最後就是這首藏頭詩逼迫盧俊義走投無路投靠了梁山。

藏頭詩其實就是一種文字遊戲。古人常常把幾個特定的字嵌在詩句中，看去與整首詩的意思渾然一體，實際上這些字連在一起就表達了另一層意思。把這些特定的字嵌在每句的第一個字就是我們通常所說的藏頭詩。

藏頭詩遊戲在民間流傳比較多，很多小說戲曲中都出現有關的情節。傳說明代江南大才子唐伯虎對丫鬟秋香一見鍾情，為接近秋香，化名做了僕人，還寫了一首藏頭詩：「我畫藍江水悠悠，愛晚亭上楓葉愁。秋風蕭瑟逐葉去，香煙嫋嫋繞經樓。」詩讀起來好似在寫秋景，可是他真正要表達的意思卻是每句的第一個字：「我愛秋香」。

拚命三郎石秀

星名：天慧星
座次：33
綽號：拚命三郎
職業：薊州柴販
武器：桿棒、朴刀
梁山職司：步軍頭領第八位
主要事蹟：石秀流落在薊州賣柴

為生，有一次在薊州街頭打抱不平援助楊雄，與楊雄結拜為兄弟後，石秀住到了楊雄家，幫忙打理楊雄的岳父潘公的肉鋪。後來石秀發現楊雄妻子潘巧雲與和尚裴如海有姦情，告訴了楊雄，結果反被潘巧雲誣害，被楊雄趕出家門。之後石秀殺了裴如海，楊雄相信了石秀的話，殺了潘巧雲。二人商議上梁山時，被時遷聽到，於是三人同上梁山。途經祝家莊，時遷偷吃了店裡報曉的公雞被抓。石秀等只能上梁山求救。宋江攻打祝家莊時，祝家莊道路複雜，多虧石秀從鐘離老人那裡探明了盤陀路的機關，幫助宋江突圍。之後石秀又佯裝被俘虜到祝家莊當內應。攻打大名府時，石秀、楊雄先去打探情況。當石秀趕到大名府時，梁中書正要將盧俊義正法，正當行刑的千鈞一髮之際，石秀孤身一人劫法場，救下盧俊義。雖然未能成功逃離，總算暫時保住了盧俊義的性命。之後在梁山歷次大型戰役中屢立戰功。最後征方臘時，在昱嶺關被亂箭射死。

人物評價：石秀快意恩仇，路見不平就拔刀相助，實在不愧豪傑之名。而且雖性急如火，卻不莽撞，看他誘殺裴如海、祝家莊刺探敵情，有勇有謀，「天慧星」之「慧」果然名副其實。

身似山中猛虎，性如火上澆油。心雄膽大有機謀，到處逢人搭救。全仗一條桿棒，只憑兩個拳頭。掀天聲價滿皇州，拚命三郎石秀。

第3章
智取大名府

宋江出兵北京城

盧俊義被抓，還賠上了一個劫法場的石秀，宋江得到消息以後心裡十分愧疚。

真想馬上救出盧員外和石秀兄弟。

兄長莫急，咱們一步步來。

梁山泊按兵不動，梁中書可是寢食難安，就怕軍馬兵臨城下。蔡京那邊主張招安，這樣大家才能相安無事。這樣一來，梁中書反倒不敢輕易傷害盧俊義和石秀二人的性命了。

我也不願意抓你們。

哼，宋江大哥不會放過你的！

宋江跟吳用商量，大名府必須要攻下來，這樣才能解救盧俊義和石秀。吳用胸有成竹，說出自己的計策來。

元宵節的時候，大名府有燈火。咱們來個裡應外合，趁亂拿下。

此計妙啊！

吳用特別強調，這個計策最爲重要的是放火爲號，咱們這些兄弟裡得必須選一個能放火、會放火的人來。

那有何難，我會放火！

不能叫鐵牛去，他會壞事的。

這個時候，「鼓上蚤」時遷從人群中走出，表示願意去放火。

時遷被吳用選中，命令他潛入城去，讓他在正月十五夜裡，把翠雲樓點燃。時遷高興地領命而去，李逵卻生氣了。

軍師哥哥，我啞巴道童都當了，一路上伺候你，現在你安排那個偷雞的傢伙去放火？

鐵牛你別跟我提這事，閉嘴。

吳用調兵遣將，開始佈置這次行動。

解珍、解寶你們扮做獵戶，去大名府倒賣野味，火起以後，你們截住報事的官兵，掐斷他們的聯繫。

得令。

吳用又叫杜遷和宋萬扮做米販子，讓他們推輛車去，見火光起後就去奪東門，還讓孔明和孔亮也去城裡等候消息。

吳用把梁山好漢派出去，分別潛入大名府，各司其職，眾人只等時遷放火號令，然後一起攻打大名府。

梁中書那邊還被蒙在鼓裡呢，他看元宵節到了，得安排娛樂活動，就把李成、聞達、王太守等官員叫過來開會。

梁中書見大家都主張繼續辦元宵燈會，只好加強防範，聞達率領一隊軍馬去飛虎峪駐紮，李成帶著兵馬繞城巡邏。

梁山泊那邊得到消息，宋江等人非常高興，這樣就可以實施計畫了。

大名府的元宵節特別熱鬧，翠雲樓非常有名，樓前紮
起一座鼇山，上面盤著一條白龍，四面燈火不計其
數。

元宵燈會

梁山眾縱橫大名府

這次攻打任務最重的是時遷，他是一個能夠飛簷走壁的人，因此不從正路入城，在夜間越牆而過。

時遷白天在街上閒逛，晚上就來到東嶽神座底下安身。

正月十三，城中觀看花燈的老百姓增多了不少，家家戶戶開始懸掛燈火。時遷正在看的時候，看見了解珍和解寶兄弟，又撞見了杜遷和宋萬。

大家都來了！

杜遷

宋萬

時遷還去翠雲樓踩點，看到孔明在那披頭散髮要飯呢。時遷一看，這孔明肥頭大耳的，也不像要飯的叫花子啊。時遷在街上看到梁山泊好漢相繼到位，心裡十分高興。

嘿嘿，我是職業乞丐，靠著要飯發財。

孔明

哪有長成你這樣的叫花子，早晚是要露餡的。

到了正月十五元宵節，六街三市和街上店鋪全都在點花放燈，到處都是燈火璀璨、喜氣洋洋的景象。

話說蔡福在監獄值班，囑咐兄弟蔡慶看管好大牢，說他要回家看看。

兄弟，不能馬虎大意，要好好看管。

放心吧大哥。

蔡福一個人回到家裡，推門進來，不料閃進兩個人來。蔡福嚇了一跳，定睛細看是「小旋風」柴進和「鐵叫子」樂和。

見梁山好漢找上門來，蔡福大吃一驚。心想幸虧自己
對盧俊義和石秀不錯，否則可真是惹下禍端了。柴進
跟隨蔡福進屋，開門見山說明了來意。

蔡福哪敢提困難的事，趕緊給柴進和樂和找自己的舊
獄卒服換上。

蔡福帶著柴進和樂和混進了監獄，把守大門的也沒敢過問。進了裡面，蔡慶心裡直納悶。

大哥，監獄什麼時候又招人了？

招什麼人啊，很快咱倆就換工作了。

我可不換，這工作幹著多好啊。

到了初更，王英和扈三娘、孫新和顧大嫂、張青和孫二娘三對夫妻混入人群，來到東門伺機行事。

顧大嫂

孫新

張青

孫二娘

王英

扈三娘

我們是夫妻三人組！

公孫勝和凌振挑著筐簍去了城隍廟，這裡距離州衙很近，鄒淵和鄒潤兄弟挑著燈在附近閒逛。劉唐和楊雄提著棍子，在橋上等著。梁山好漢悉數就位，只等著時遷的號令。

鼓樓上二更鼓響，時遷夾著一個籃子，裡面裝滿了硫磺和焰硝，籃子上面插著幾朵花掩飾。時遷走上翠雲樓，見上面很熱鬧。時遷聽到樓前有人喊，說梁山泊的大軍已經到了西門外，人群中的解珍趕緊示意時遷動手。

時遷火燒翠雲樓

時遷在翠雲樓上點著了硫磺和焰硝，一把火把翠雲樓給點燃了。只見烈焰升騰，火光沖天。人們嚇得四散逃命，亂成一團。

不好啦，著火啦！

李成正在城上巡邏，見事情不妙，趕緊飛馬來到留守司前。他點好兵馬，上城門守護。

梁中書正在衙門前坐著，聽到士兵報告後，嚇得魂不附體，慌忙叫士兵備馬。

梁中書老遠就看見翠雲樓的大火，正要去東門時，只
見李應和史進攔住他的去路。

東門被梁山好漢佔領了，梁中書見事情不好，趕緊帶
領隨從奔向南門。「花和尚」魯智深和「行者」武松在南
門那裡跟官兵廝殺，梁中書叫苦不迭。

梁中書撥馬逃回留守司，只見解珍和解寶拿著鋼叉，
在那裡到處叉人呢。

梁中書像隻沒頭的蒼蠅亂竄一氣，覺得還得往自己的
府衙逃，結果看到劉唐和楊雄在那裡屠殺王太守呢。

梁中書再往西門跑，只聽城隍廟裡火炮齊鳴，震天動地，原來是鄒淵和鄒潤在那放火。

這也不能去了，非得燒死我們。

梁中書這一晚上就只顧逃命了，他在西門口正遇見大將呼延灼，李成帶著梁中書又跑到北門去了。

呼延灼

這給我撐的。

他們追上來了。

只見四面八方都是梁山泊的兵馬，在李成拚死護衛下，梁中書才殺出條血路，奔出城來。

太難了！咱們幾個能活著跑掉，那就是最大的勝利。

城裡現在是一片火海，杜遷和宋萬衝進梁中書的府裡。

劉唐和楊雄抄了王太守的家。

再說大牢裡的情況，外面喊殺陣陣，柴進看機會來了，叫蔡福趕緊放人。

鄒淵和鄒潤撞開牢門，孔明和孔亮砍翻了獄卒，把盧俊義和石秀救了下來。

盧俊義被放了出來，心裡想的第一件事就是去抓李固和賈氏。

盧俊義在前面帶路，石秀、孔明、孔亮、鄒淵、鄒潤五個弟兄氣勢洶洶來捉拿李固。

李固這幾天右眼皮總是跳，心裡忐忑不安，就跟賈氏商量收拾金銀細軟逃跑。

外面火光四起，聽說梁山泊大軍進城了，李固知道完蛋了，就想開後門逃跑。

等等我。

張順在後門堵著呢，大喝一聲，把賈氏抓住了。李固心裡慌亂，鑽進船裡逃命。

我在這裡躲一會兒。

船裡坐著一個人，朝李固一笑，李固一看嚇得魂飛魄散。

哎呀，你怎麼在這呢？

拿命來！

梁山泊好漢們智取了大名府，把庫房打開，拿走了金銀寶物，還開了糧倉，給老百姓發放糧食。

開糧倉，大家排好隊！

盧俊義正式歸順梁山泊，宋江堅持要盧俊義坐頭把交椅，但盧俊義不肯，李逵和武松也在邊上插話。

哥哥你做皇帝，盧員外做丞相，不就好了嗎？在這裡為了一把椅子，讓來讓去的，真是虛偽！

你瞎說什麼實話啊？

鐵牛，看我不打爛你的嘴巴！

盧俊義憑什麼坐梁山第二把交椅？

宋江在把盧俊義逼上梁山後就要把梁山的第一把交椅讓給盧俊義坐，二人反復推讓，最後由盧俊義坐了第二把交椅。不過對此後世讀者卻非常不解。盧俊義上山之前，梁山已經兵多將廣，完全沒必要挖空心思、大動干戈地賺盧俊義上山。而且他空降梁山就馬上被推上第二把交椅也有些不可思議。其實會有這些令人費解的情節完全是水滸故事的歷史遺留問題。

在《水滸傳》之前的水滸故事中，盧俊義還叫李進義，他與楊志、孫立等十二人為制使，奉命押運花石綱。途中孫立掉隊，楊志留下來等孫立，李進義押送花石綱先進京。楊志因盤纏用光了不得已變賣寶刀，結果遇到惡霸搗亂失手打死了惡霸，被刺配衛州。李進義率眾人救出楊志，同往太行山落草，後來與晁蓋等同往梁山，李進義就成了梁山泊的首領。宋江殺閻婆惜後得天書，於是往梁山投靠眾人，大家於是推舉宋江做了梁山首領。就是說原本是李進義把首領之位讓給了宋江。

可《水滸傳》把李進義、楊志等人的故事都改寫了，尤其是李進義的故事更被改得面目全非。可是另一面還要保持原來的三十六天罡之數，不得已就生拉硬扯地把盧俊義給拽上了山，讀者會覺得不倫不類是必然的。

原來如此，我才是本來的梁山之主！

留守司

梁中書是大名府留守司留守，小說形容留守司：「原來北京大名府留守司，上馬管軍，下馬管民，最有權勢。」那留守司是什麼樣的機構呢？

「留守」一職，本來是歷代帝王外出巡幸、出征時，委派親王或重臣鎮守京師，有便宜行事之權，稱為京城留守。比如漢高祖劉邦巡幸關東時，就留呂后在京留守。北宋時正式在京城設東京留守司，負責京城的守衛、修繕等軍、政事務。而徽宗時又在洛陽、商丘、大名（今北京）三個陪都設留守司。留守司有正留守一人，官二品；副留守二人，官三品。梁中書就是大名府留守司的留守。

北宋時的大名府不僅是陪都，還是朝廷抵禦北方遼國的重鎮，朝廷在這裡設留守司很大程度上是為了加強對遼國的防禦。梁中書這個大名府留守，雖然掌管軍政要務，權勢熏天，但肩上的擔子也很重。所以當楊志最初被刺配到大名府留守司時，梁中書非常欣賞他，也誠心要重用他，可見梁中書自己也知道責任重大，迫切要招攬人才。可惜私心太重，才一錯再錯。

我也在認真做「留守」哦！

梁中書

入雲龍公孫勝

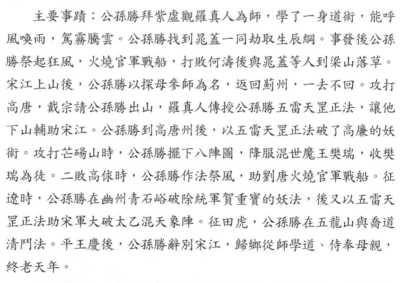

公孫勝

星名：天閒星

座次：4

綽號：入雲龍

職業：道士

武器：道術

梁山職司：掌管機密軍師

外貌：八字眉、杏子眼，四方口、絡腮鬚。頭綰雙丫髻，身穿短褐袍。高有八尺，道貌堂堂。

主要事蹟：公孫勝拜紫虛觀羅真人為師，學了一身道術，能呼風喚雨，駕霧騰雲。公孫勝找到晁蓋一同劫取生辰綱。事發後公孫勝祭起狂風，火燒官軍戰船，打敗何濤後與晁蓋等人到梁山落草。宋江上山後，公孫勝以探母參師為名，返回薊州，一去不回。攻打高唐，戴宗請公孫勝出山，羅真人傳授公孫勝五雷天罡正法，讓他下山輔助宋江。公孫勝到高唐州後，以五雷天罡正法破了高廉的妖術。攻打芒碭山時，公孫勝擺下八陣圖，降服混世魔王樊瑞，收樊瑞為徒。二敗高俅時，公孫勝作法祭風，助劉唐火燒官軍戰船。征遼時，公孫勝在幽州青石峪破除統軍賀重寶的妖法，後又以五雷天罡正法助宋軍大破太乙混天象陣。征田虎，公孫勝在五龍山與喬道清鬥法。平王慶後，公孫勝辭別宋江，歸鄉從師學道、侍奉母親，終老天年。

人物評價：公孫勝與吳用並為梁山軍師，吳用善謀，公孫勝長於道術，呼風喚雨，撒豆成兵。可惜身上一副江湖術士的習氣，少了些仙風道骨。

第 **4** 章

活捉史文恭

梁山泊二打曾頭市

這天段景住來找宋江告狀，原來他與楊林、石勇去北地買馬，選了二百多匹好馬。正趕著馬往回走呢，被一個叫做郁保四的傢伙給劫走了。

石勇和楊林被他們打得不知去向，就剩下我一個人跑回來了。

那些馬呢？

被郁保四送到曾頭市去了。

老段，你來梁山泊沒幹別的，專門給曾頭市送馬了。

聽李逵搶白自己，段景住咧著苦瓜嘴，有苦說不出。宋江聽了大怒，非要再次攻打曾頭市。

之前搶走一匹馬，然後還射殺了我大哥，現在又搶走了二百匹馬，真是得寸進尺啊！

天暖和了，正適合打仗。但是咱們得智取，不能硬來。

吳用叫時遷去曾頭市打探敵情，等他回來再做打算，
李逵毛遂自薦也要去。

沒幾天，時遷回來了，他把探得的
情況做了詳細彙報。

時遷還探明了青州郁保四的情況，那人膀大腰圓，綽號「險道神」，奪走的二百匹好馬都在法華寺養著呢。

吳用召開會議，商量應對的策略。既然曾頭市設了五個寨柵，咱們這裡也要分調五支大軍，兵分五路去攻打。

吳用堅決反對宋江的提議，他可是有私心的。要是盧俊義捉住史文恭，宋江就得聽從晁蓋遺言，讓位於他。

盧員外剛來，也不熟悉情況。這山路崎嶇，乘馬不便，你去做接應就可以了。

好的。

五路兵馬都是梁山泊的精兵強將，氣勢洶洶奔曾頭市而來。

早有探馬將情況報告到了曾頭市，曾弄一聽，趕緊去
找史文恭和蘇定商議軍情。

曾弄趕緊叫人拿著鎬頭、鐵鍬，在村口和必經之路挖
掘了十幾處陷坑。陷坑上面埋上浮土，四下裡埋伏了
軍馬，只等著梁山泊大軍來到。

宋江大軍啟程的時候，早就派了時遷再次來探聽虛實。曾頭市的人在挖大坑的時候，時遷躲在樹上已經看見了。

宋江的軍馬安營紮寨三天，也沒有出去交戰。時遷這段時間可忙壞了，他帶著人去探查陷阱的位置，遇到大坑就暗中做了記號。

吳用叫步軍拿著鐵鋤，分成兩隊，在一百多輛糧車上
裝滿了蘆葦和乾柴，然後藏在隊伍裡。

這是要種地
去嗎？

那準備乾柴幹
什麼呢？

再說曾頭市這邊，史文恭得知宋江軍馬前來攻打，就
等著他們掉進陷坑的消息。只聽寨前炮響，有人報告
說魯智深和武松殺了過來。

我得去幫
助曾魁。

手下急匆匆報告，說朱全和雷橫在攻打西邊寨門呢。
史文恭趕緊派人去支援，他決定這回按兵不動。
史文恭沒有想到的是，吳用的軍馬繞路從後面衝殺過
來。士兵們猝不及防，被梁山大軍給逼到陷坑裡去
了。

天啊，坑裡有
刀子啊。

這是咱們給
自己挖的大
坑啊。

史文恭還沒有來得及反抗，吳用就指揮軍士，把裝滿乾柴的車子推了出來，點燃以後堵住了史文恭的兵馬。

史文恭要退軍，公孫勝在陣中揮劍作法，借著大風，火焰捲入曾頭市的南門，到處是火光一片，慘叫聲連連。

群雄對陣史文恭

這一仗打下來，史文恭的兵馬被燒得損失慘重。曾塗來找史文恭商議，必須要跟梁山賊寇眞刀眞槍開幹，不然應付不了他們的陰招。

給我頭髮都燒焦了。

明天我去迎敵。

第二天，曾塗上馬飛出陣來，宋江帶領呂方和郭盛迎戰。郭盛怕呂方打不過曾塗，就衝殺過去，二人纏住曾塗惡戰。

你們倆打我一個，不講究！

少廢話！

郭盛

呂方

我們想早點幹掉你。

呂方和郭盛用的兵器都是戟，兩人纏住了曾塗。遠處的花榮看見後，彎弓搭箭，朝著曾塗就是一箭。曾塗被纏鬥，沒有辦法躲閃，那箭正中他的左臂。

曾塗疼痛難忍，翻身落馬，呂方和郭盛也不客氣，舉起戟來要了他的性命。

曾塗的死訊傳到大寨，史文恭跟曾弄一說，曾弄放聲大哭。曾升十分氣惱，咬牙切齒地要為哥哥報仇。

曾升拍馬出戰，本來「霹靂火」秦明要去迎戰，但「黑旋風」李逵心裡著急啊，舞動兩把板斧衝殺過來。

曾頭市的軍陣中有認識李逵的，都說這黑傢伙不好
惹，不能跟他硬打，需要拿箭射他。這邊亂箭齊發，
李逵被射中大腿，摔倒在地。

李逵被救回，疼得哇哇大叫。

第二天，宋江親自引軍馬出戰，一下子看到史文恭騎著那匹照夜玉獅子馬。

史文恭出馬挑戰，秦明這次看李逵行動不便，趕緊飛奔來戰。兩個人大戰了二十多個回合，秦明沒勁兒了，轉身就走。史文恭趕來，一槍把秦明給刺於馬下。

宋江陣中一看秦明落馬，呂方、郭盛、馬麟、鄧飛四
將趕忙衝殺過去，死命將秦明救下。

差一點被這小
子給刺死。

宋江回到大營焚香祈禱，吳用猜測敵人晚上必會偷襲
劫寨，所以老早就佈置好了。

東、西二寨，
都布好陷阱等
他們鑽。

史文恭和曾升果然來偷襲了，他們二更時分悄悄地殺
到宋江軍寨內，可是發現大寨裡一個人都沒有，史文
恭這才知道上當了。

不好，趕
緊撤退。

突然四下裡火光沖天，亂箭齊發，埋伏好的梁山大軍
殺了過來，曾索在戰鬥中被解珍用鋼叉打落馬下喪
命。混戰了大半夜，史文恭才帶著殘兵敗將撤了回
去。

曾索

盧俊義活捉史文恭

曾弄見曾索也死了，心裡很悲傷，不想繼續打仗了，
就叫史文恭寫投降的書信。史文恭心裡其實也不想繼
續苦戰下去，就聽從了曾弄的命令。

宋江一見書信就生氣了，撕了信大罵。

吳用寫好了回信，給送信的人十兩賞錢，叫他回去。史文恭拆信一看，宋江要求把寶馬都還回去，還得把郁保四交出來。

雙方得互相派人質過去，然後才能談判。宋江這邊派出了時遷、李逵、樊瑞、項充、李袞五人前去。史文恭一看，說好了來一個人就行，他們來了五個，這是不懷好意啊。

曾弄一心要講和，顧不得這麼多，就安排這五人去法華寺安歇，派了五百人將寺廟前後圍住，還派曾升帶著郁保四去宋江大寨講和。

宋江不高興了，叫曾升趕緊通知那邊，把那匹馬還回來。史文恭捨不得那匹馬，想跟宋江討價還價。

因為這匹寶馬，雙方開始談判。這時候有人報告，說青州和凌州兩路都有官兵趕來。宋江這邊趕緊派人去應對，吳用偷偷把郁保四叫了出來。

郁保四假裝逃回去，在史文恭和曾弄中間挑撥離間，說宋江就是要那匹馬，根本就不想講和。他還說現在官兵來助陣了，宋江他們心裡早都慌了。

時遷連夜潛入法華寺，把宋江的意圖說了，五個人摩拳擦掌做好了準備。

晚上史文恭帶著蘇定和曾參、曾魁，趁著夜色出發。這回跟上次一樣，他們又發現宋江這邊是空寨。時遷在法華寺撞響大鐘，梁山大軍以此爲號令，開始圍攻曾頭市。

這下好了，可以殺個痛快了。

哎呀，我怎麼這麼不長記性啊？

曾頭市很快被攻下，曾弄知道大勢已去，自殺身亡。

曾參被朱全殺死，曾魁死於亂軍之中。蘇定奔出北門，被亂箭射死。梁山軍勢如破竹，曾頭市被攻陷。

史文恭殺出重圍，外面黑霧遮天，看不清楚道路。走了二十多里，他遇到了燕青。

史文恭和燕青交手，兩個人殺得難解難分。

燕青和史文恭廝殺，盧俊義的兵馬到了。史文恭哪裡是盧俊義的對手，很快就被生擒活捉。

梁山大軍大獲全勝，宋江心裡十分痛快。李逵牽著那匹寶馬，樂顛顛地來送給宋江。吳用一看真是天意啊，最終還是讓盧俊義把史文恭給抓住了。

梁山大軍回到山寨，眾人在忠義堂上參拜晁蓋的靈位。宋江下令，殺了史文恭替晁蓋報仇。

宋江按照晁蓋的遺囑，讓位給盧俊義。盧俊義慌了手腳，趕緊推讓，但宋江不依。

宋江還列舉了三條自己不適合坐第一把交椅的理由，
吳用一看這可糟糕了，趕緊給弟兄們使眼色。

一，我人長得黑；二，我出身不好；三，我才華不行。

我從江州開始，捨身拚命跟你，你推讓什麼！

我們服的是你，你卻不肯帶我們了？

我們起初七人上山，本來就想叫你當老大的。

盧俊義豈能不知道自己要是坐頭把交椅不能服眾，堅
持推辭。

反正大哥你要是還推辭，我們就得散夥了。

你們這是難為我啊……

宋代的茶馬貿易

歷史大揭秘

段景住幾人到北地買馬，結果好不容易買回來的良駒竟被郁保四搶走了，激怒了梁山眾人，於是梁山隊伍第二次攻打曾頭市，活捉了史文恭，終於給晁蓋報了仇。不過在宋代買馬可有不少講究。

宋可以說是中國歷史上最悲慘的王朝，軍力羸弱，偏偏周圍強敵環伺，北面的遼、西北的西夏，個個不容小覷。為了守住領土，只能拚命加強兵力，而戰馬自然成了剛需。可是良馬多產於遊牧民族生活的北部、西部邊陲，宋朝廷只能向他們購買，為了減輕經濟負擔，也避免少數民族趁機囤積居奇，朝廷開始大力推行以茶易馬的政策，就是用中原地區豐富的茶業資源跟少數民族交換良馬。

以茶易馬的政策不僅解決了國家戰馬短缺的問題，還給宋朝廷帶來了豐厚的經濟收入。朝廷還特意成立一個專門的機構——茶馬司來掌管這項業務，雲南著名的茶馬古道就是當時茶馬貿易的交通要道。

身處內地的梁山泊當然也只能長途跋涉到盛產良馬的北部邊疆地區去買馬，不過以茶易馬可是朝廷的專利，他們當然只能用金帛來購買了。而且對於梁山泊而言，戰馬就代表軍事實力，而軍事實力是他們活下來的唯一保障。郁保四搶走戰馬，就是在切斷他們的活路，梁山泊自然只能拚死一戰，為晁蓋報仇倒在其次。

方天畫戟

第二次攻打曾頭市，呂方和郭盛追隨宋江出戰，二人一起纏鬥曾塗。呂方和郭盛的武器是方天畫戟。花榮趁三人纏鬥之機在遠處用箭射傷曾塗。呂方和郭盛則抓住機會用畫戟殺死了他。

戟是一種我國古代獨有的武器，實際上是戈和矛的合成體。戟杆上裝有金屬槍尖，側面有月牙形利刃，通過兩個金屬小枝與槍刃連為一體，可砍可刺。戟有單耳和雙耳兩種，單耳一般叫青龍戟，雙耳叫作方天戟。

方天畫戟就是戟杆上鏤有花紋做裝飾的方天戟，是中國古代十大名戟之一。它如此出名是因為三國名將呂布就是憑藉手中方天畫戟打遍天下無敵手的。呂方綽號「小溫侯」，溫侯是呂布的爵號，呂方也姓呂，又跟呂布一樣用方天畫戟，就猶如一個年輕版的小呂布。

方天戟功能多，殺傷力很強，但使用較為複雜，對使用者的身體素質要求也很高，所以戰國到魏晉時期應用還比較廣，唐代以後逐漸成了儀仗隊中的擺設，很少用於實戰了。不過在《水滸傳》中方天畫戟卻似乎是極常用的武器，呂方、郭盛二人外，被殺的史文恭、與呼延灼大戰一百多回合不分勝負的韓存保甚至女將瓊英等等，都用的是方天畫戟。

插翅虎雷橫

雷橫

星名：天退星

座次：25

綽號：插翅虎

職業：鄆城縣巡捕步兵都頭

才藝：臂力過人，跳牆過澗，身輕如燕。

外貌：身長七尺五寸，紫棠色面皮，一部扇圈鬍鬚。

梁山職司：步軍頭領第四位

主要事蹟：雷橫是濟州鄆城縣巡捕步兵都頭，劉唐到東溪村投奔晁蓋，被雷橫抓住。晁蓋謊稱劉唐是自己多年未見的外甥。雷橫便放了劉唐，並收下了晁蓋贈送的十兩銀子。惱怒的劉唐追上雷橫索要銀子，二人惡鬥五十回合不分勝負，幸好吳用及時攔住，晁蓋也趕來將二人矛盾化解。後來雷橫先後私放了晁蓋、宋江。一次勾欄看戲雷橫因打死娼妓白秀英父女下獄，被朱仝放走後投靠梁山。之後在梁山屢立戰功，攻打高唐州時斬殺高廉，征遼時為秦明副將攻破金星陣，征田虎時與索超內外夾攻殺死北將房學度。但征方臘時，雷橫跟隨呼延灼攻打德清縣，在南門外與護國大將軍司行方交戰，不幸被司行方砍死。

人物評價：金聖歎評雷橫：「朱仝、雷橫二人，各自要放晁蓋，而為朱仝巧，雷橫拙，朱仝快，雷橫遲，便見雷橫處處讓過朱仝一著。」朱仝、雷橫都不愧為至情至性的大英雄，可二人放在一起，雷橫總顯得略遜一籌，不似朱仝之超然。

天上罡星臨世上，就中一個偏能。都頭好漢是雷橫。拽拳神臂健，飛腳電光生。江海英雄當武勇，跳牆過澗身輕。豪雄誰敢與相爭。山東插翅虎，寰海盡聞名。

第 5 章

黑旋風元夜
鬧東京

群雄上京看花燈

這一年冬天，大雪紛紛，天地間成了銀裝素裹的世界。宋江正在山寨裡閒坐，有小嘍囉跑進來報告。

報，截獲了九個燈匠和花燈！

帶上來我看看。

小嘍囉把燈匠們帶上來，宋江詳細詢問。

這是參加京城元宵節燈展的。

那也得給我們留下幾個，讓我們掛在忠義堂上怎麼樣？

行。

第二天，宋江在忠義堂開會，提出自己在山東出生，還沒去過京師呢。聽說今年京師燈展很熱鬧，想去遊覽一番。

吳用勸不住，只好同意宋江的計畫，宋江就把去看燈的人員名單列出來。

李逵一聽去京師看花燈的名單裡竟然沒有自己，那可不行，索性鬧了起來。

你到處惹禍，怎麼能帶你呢？

魯智深也不是省油的燈，你怎麼帶他呢？

李逵，你這話是什麼意思啊？

宋江無奈，只好答應李逵的請求，但是宋江提出燕青必須跟李逵一路。這樣安排是有原因的，燕青的相撲是天下第一，李逵根本摔不過他，所以他很聽燕青的話。

我摔！

我連牆都不扶，就服你！

這一天宋江等人出發了，吳用送行的時候，特別叮囑李逵，千萬不要惹事。

你要長點記性啊。

我都知道你要說什麼，一是不能喝酒，二是不能打架。

宋江等人喬裝改扮，一路急行，來到了東京城外。為了穩妥起見，宋江決定在城外客店安歇。

我去探路。

一看你就是探子，沒等探路呢，對方先把你當探子抓了。

柴進簪花入禁院

第二天，柴進穿戴整齊，和燕青進了城。

柴進是見過世面的人，氣質十分出眾，一看就是達官顯貴的身份。燕青模樣俊朗，能說會道，一看就是探查消息的好手。

一定完成大哥交待的任務。

也就咱倆知道大哥的用意啊。

柴進和燕青盯準了樓下的一個人，這人看上去像從宮裡出來的，兩個人決定把他騙上來。燕青下樓，笑咪咪朝著他作揖。

這王觀察糊裡糊塗地跟著燕青進了包間，柴進一見他，驚喜地起身擁抱。

王觀察被兩個人搞得一頭霧水，絞盡腦汁也想不起來他們倆是誰。柴進和燕青非常熱情，叫他不好意思起來。

柴進、燕青和王觀察推杯換盞，儼然一副老朋友的樣子。王觀察心裡犯嘀咕，一時半會想不起對方的姓名。

燕青瞧見王觀察頭上戴了朵金花，問他是什麼緣故。

天子慶賀元宵節，我們有五千七百多個工作人員，到時候統一著裝，戴上翠葉金花，可以隨意出入宮中。

原來這是工作服！

這就是通行證啊！

柴進使眼色，燕青會意，就給王觀察的酒裡下了蒙汗藥。王觀察倒下呼呼大睡，柴進把他的衣服扒下來後穿上了。

我先進宮去轉轉。

去吧。

柴進穿著王觀察的衣服，順利進入了宮中。他到處閒逛，看到皇上的書房，就決定進去瞧瞧。只見裡面的白屏風上嵌著「四大寇」的姓名：「山東宋江，淮西王慶，河北田虎，江南方臘。」

柴進膽子夠大，拿出暗器把「山東宋江」四個字摳下來拿走了。

柴進回到酒樓，王觀察還在呼呼大睡呢，柴進把衣服
脫下來，就跟燕青走了。王觀察睡了好久，醒過來後
也不知道發生了什麼事情。後來聽說宮裡丟了「山東
宋江」四個字，嚇得他不敢聲張。

柴進和燕青回來跟宋江彙報了情況，宋江看到柴進偷
回來的字，知道皇上這是惦記著剿匪的事情呢。宋江
歎息了一聲，覺得招安的工作不好做。

宋江決定進城探訪，留下李逵做看守。

不是說帶我來看燈的嗎？燈在哪呢？

你看房吧。

又不是咱們的房子，我看什麼！

你要聽從安排。

咱倆一組，你每天去喝酒作樂，你們還去皇宮裡玩耍，就苦了我自己！

宋江和燕青耳語，幾個人去拜訪李師師。燕青靠著三寸不爛之舌，把管事的李媽媽給唬住了。

哎呀，我是張乙的兒子張閑啊，我爹以前不是總來嗎？

啊，你是太平橋下的張閑？可有些日子不來了。

小人的主人發財了，給你們送錢來了。

這李媽媽是個財迷，一聽說有錢，頓時笑顏逐開，
熱情接待宋江一行。李師師也很給面子，宴請了宋
江、柴進、戴宗和燕青。

茶剛喝了半盞，有人稟報李師師，說有貴客來到，在
後面等著。李師師知道是皇上來了，只好起身告辭。
宋江心裡明白，這是
錯過了機會。

幾個人出來以後又去了酒樓喝酒，剛坐下就聽隔壁很是熱鬧。

宋江趕緊推門進去，只見史進和穆弘喝得大醉，滿嘴狂言。他們一見宋江進來，還邀請他也來喝酒。

兩個人一看宋江真生氣了，酒醒了一大半，趕緊灰溜溜地買單回了客店。

跑這胡吃海喝吹牛皮，我看你倆是不想活了。

宋江四人回到客店，看家的李逵正在生悶氣。

你們吃山珍海味，我在這餓著肚子。你們玩得小臉紅撲撲，我睡得迷糊糊！

你要幹一行愛一行！

鐵牛，你的任務其實也很重要。

宋江趕緊勸解，李逵越發生氣。

見李逵大鬧不休，宋江只得好言安慰，答應正月十五晚上帶著李逵去看燈。

李逵元夜鬧東京

這回宋江說話算話，正月十五的夜裡領著李逵等人出發了，那高俅高太尉帶領軍馬在城上巡邏。宋江心裡有事，小聲跟燕青交代。

宋江出手闊綽，叫燕青先進去送金子。李媽媽心花怒放，安排宋江一行來家裡跟李師師見面。

宋江、柴進和燕青三人被請進家門，李師師備了酒菜
招待，戴宗和李逵等人只能在門外等候。

不看花燈，
跑這喝酒，居然還
不叫我進去？

鐵牛，你別亂動。

宋江和李師師閒聊，他一直在找機會說招安的事情。

就是一點土特產，
您不嫌棄就好。

員外錯愛，
多謝抬舉。

李逵在外面聽著生氣，一直在那罵人，戴宗怎麼勸也沒用，丫鬟就把事情跟房間裡的李師師說了。

戴宗和李逵被人叫了進來，李逵一看宋江在和李師師對飲，氣就不打一處來。他瞪著眼睛，看著他們幾個。

好笑嗎？

哈哈哈！

這傢伙長得像土地廟裡的判官小鬼。

見李逵要發火，宋江趕緊介紹說這是我帶來的隨從，名字叫小李。李師師笑得花枝招展，李逵卻愈發不知所措。

來人，給小李拿大杯子喝酒。

喝酒可以，我都渴死了。

燕青怕李逵爆粗，趕緊叫他和戴宗再去門外等候。李逵嘴裡嘟囔著，心裡很不情願。

李逵，你怎麼不識好歹呢？這是你坐的地方嗎？

哼，你們喝酒，還嫌我醜！

宋江喝得高興，也換了大杯，李師師唱了蘇東坡的大江東去詞助興，宋江也來了詩興。

看見了吧，這是在幹什麼？

你少說兩句吧。

出手就給一百兩黃金，這夠我們花多少天。

宋江借著酒興，作了一首詞：「想蘆葉灘頭，蓼花汀畔，皓月空凝碧。六六雁行連八九，只待金雞消息。義膽包天，忠肝蓋地，四海無人識。離愁萬種，醉鄉一夜頭白。」

大哥作的好詞啊！

哦，員外是什麼意思？

我慢慢給你解釋……

宋江剛要說清楚招安的事情，有人稟報，說皇帝從地
道來到了後門。李師師一聽只能趕緊送客，宋江又失
去了一次機會。

可是時間太緊張，宋江等人根本來不及撤，只能趕緊
躲在暗處。皇上今天是微服私訪，特意來見李師師。

宋江很衝動，想衝出來跟皇上說招安的事情。柴進搖頭表示不可以，告訴宋江皇帝就算現在答應了，以後也不能作數。

門外的李逵越想越氣憤，他們在屋裡喝酒唱歌，卻叫自己來站崗，氣得頭髮都豎立起來。

碰巧來找皇上的楊太尉從外面急匆匆趕來了，正好看見了李逵。楊太尉警惕性很高，心想皇上來找李師師，哪裡來了個黑傢伙。於是，楊太尉厲聲呵斥李逵。

你這黑傢伙是誰？

我是你祖宗！

楊太尉愣了，這天下除了皇上敢說他，其他人都對他客客氣氣的，這黑傢伙這是在幹什麼。還沒等楊太尉發火呢，李逵抄起一把交椅就把楊太尉給打翻在地。

我揍死你！

哎呀，這是怎麼回事啊？

皇上在屋裡一聽到外面的響動，趕緊從後門走了。楊太尉被李逵胖揍一頓，趴在地上叫苦不迭。
宋江等人衝了出來，但根本拉不住李逵。宋江留下燕青，自己嚇得先跑出城去了。李逵一生氣，點了把火把李師師家給燒了。

哇呀呀，說要帶我看燈，燈在哪裡呢？酒也不給我喝！

我叫你們喝酒！

這邊李逵開戰，官兵很快就聞訊趕到了。街上的穆弘和史進亮出兵器開打，朱全和魯智深等人也聞聲加入了戰鬥。

高俅的兵馬殺了過來，大軍人多勢眾，這時城外一聲炮響，吳用率領人馬來接應，正好把宋江一行人救下，只是不見李逵。

宋江吩咐燕青去找李逵，讓大軍先行撤退。

又是他惹事了？

你把鐵牛給我帶回來。

李逵打了一陣，跑回客店取板斧來了。他拎著斧子就
要回去繼續打，燕青抱著李逵摔在地上。

快跟我回梁山泊，不然我就摔倒你。

我來京城一趟，就待在客店看家了，嗚嗚！我的命怎麼這麼慘？

名妓李師師

宋江藉口要看花燈到東京後就偷偷去見了李師師,只因為李師師是「天子心愛的人」,要靠她來向皇帝表白心跡,促成招安。雖然《水滸傳》中關於李師師的描寫都是虛構的,但李師師歷史上倒是確有其人。

李師師是北宋徽宗年間汴京名動一時的歌妓,據說她跟徽宗皇帝確實有過一段情,不過皇帝的緋聞當然不會被寫進正式的史書裡,只有各類野史不斷津津樂道地演繹著這段故事。宋徽宗愛書畫、愛花鳥、愛茶道,可以說除了當皇帝對什麼事都感興趣。當了皇帝沒幾年,徽宗就不甘於被困在宮中,開始經常偷偷出宮尋歡作樂,他與李師師的交往應該就是在這段時間開始的。

傳聞徽宗特別鍾情於李師師,甚至還冊封她為「李明妃」。不過皇帝封妃是國家大事,史書上不可能沒有隻言片語的紀錄。既然宋史完全沒有提過,可見封妃一事根本子虛烏有。

另外李師師本人雖是弱質女流,其實頗有俠義心腸。金軍南下逼近汴京時,李師師還自發出資招募勇士操練武藝,希望能解救國家危急。

可惜宋徽宗並沒有李師師的擔當,聽說金軍打來了,他匆匆忙忙把皇位傳給了兒子欽宗,成功甩鍋。欽宗對父親的行為應該也很是不滿,登基後就下旨抄沒了李師師等倡優的財產。之後李師師流落到南方,靠唱曲維持生活,處境淒涼。

李師師

太尉

《水滸傳》前前後後寫到了十幾個太尉，其中重點寫的有三個：放出一百單八將的洪信洪太尉、陷害林沖的高俅高太尉和唯一助力梁山隊伍的宿元景宿太尉。那麼太尉是個怎樣的官職呢？

其實太尉這個官職在秦代就已經有了，與丞相、御史大夫並稱三公，是國家的最高軍事長官，位高權重。不過到了宋代它已經只能代表一個人的品級，而完全跟實際職務無關了。宋徽宗時釐定武官官階有五十二階，其中太尉是武官的最高階，正二品。就是說官員有太尉官階，只表示他享受武官正二品的級別待遇。比如《水滸傳》寫洪信是「殿前太尉」，殿前就是指殿前司，負責統領皇帝身邊的近衛軍，「殿前太尉」就是說洪信的官階是太尉，在殿前司任職，至於他在殿前司具體擔任什麼職務，小說沒有提到，我們也就不得而知了。

當然「太尉」在宋代還是一個極為常用的尊稱，高級武官和樞密院文長官都可以被尊稱為太尉。比如小說裡王太尉、杜太尉、楊太尉等幾個只提到姓氏的太尉，就很有可能只是尊稱，他們本身大概並沒有太尉官階。

水滸人物檔案

沒遮攔穆弘

星名：天究星

座次：24

綽號：沒遮攔

身份：揭陽鎮富戶，當地一霸

武器：朴刀

外貌：面似銀盆，頭圓眼細

梁山職司：馬軍八驃騎兼先鋒使第八位

主要事蹟：穆弘是江州揭陽鎮的富戶，與兄弟穆春在鎮上橫行霸道。宋江刺配江州途經揭陽鎮，無意得罪了穆弘兄弟。後宋江不巧投住穆家莊，穆弘兄弟得知消息回家抓宋江，宋江倉惶逃走。穆弘與穆春一直追到潯陽江邊，幸好李俊撐船經過，救下宋江。穆弘得知宋江的身份，向宋江請罪，將宋江請回穆家莊，熱情款待。宋江江州題反詩被抓，穆弘與李俊等也赴江州要劫牢營救宋江，在江邊的白龍廟與宋江等人相遇。之後穆弘全力支持宋江攻破無為軍，隨宋江上了梁山。智取大名府時，穆弘是第五隊頭領，率領杜興、鄭天壽，從東門殺入北京城。大敗童貫時，穆弘擔任中軍羽翼，負責護持中軍。征遼國，穆弘擔任林沖的副將，攻破太乙混天象陣中的木星陣。征討田虎時，穆弘與史進一同鎮守高平縣。征方臘時，穆弘假扮陳益，與李俊混入潤州城為內應，協助宋江奪取潤州。但不幸的是，征方臘時，因杭州瘟疫流行，穆弘不幸感染，後不治而亡。

人物評價：穆弘位列三十六天罡，地位很高，但書中真正可圈可點的功績卻不多，名不副實，讓人很是困惑。作為揭陽鎮一霸，應該不至於如此平平才對。

面似銀盆身似玉，頭圓眼細眉單。威風凜凜逼人寒。靈官離斗府，佑聖下天關。武藝高強心膽大，陣前不肯空還。攻城野戰奪旗幡。穆弘真壯士，人號沒遮攔。

第6章

宋公明兩贏童貫

及時雨布九宮八卦陣

樞密使童貫被皇上任命爲統帥，率大軍征討梁山泊。
他緊鑼密鼓地挑選精兵強將，選定吉日出征。

童貫信心滿滿，志在必得。他親自掛帥，率領大軍殺奔梁山泊。

梁山這邊早得到了消息，宋江展開了周密部署，只等童貫大軍來犯。

童貫任命睢州兵馬都監段鵬舉為正先鋒，鄭州都監陳
翥為副先鋒，各路兵馬將領都是武藝出眾的高手。只
聽戰鼓擂響，大軍氣勢如虹。

報，前面有
梁山賊寇「沒羽
箭」張清來犯。

「沒羽箭」張清帶著龔旺和丁得孫在陣前觀望，童貫這
邊有認識張清的，知道他擅長用飛石傷人，可以百發
百中，所以沒人出列迎戰。

都是些
無名鼠輩。

大軍再往前走，遇到了「黑旋風」李逵，雙方交戰一番，李逵和眾將拔腿就走。到了平川曠野之地，童貫命令隊伍擺成四門斗底陣。

童貫這邊剛擺完陣勢，只聽得山後一陣炮響，梁山泊的大軍殺到。他們擺出九宮八卦陣型，每個方陣裡都是響噹噹的梁山好漢。

行啊，他們也有人才啊。

正南的黃旗影裡，正是「及時雨」宋公明。童貫仔細看了梁山泊的兵馬，見他們訓練有素，心裡驚歎不已。

每次來圍剿的官軍都吃了敗仗而回，我總算找到原因了。

童貫大聲朝手下的大將們喊話，問誰願意率先出戰。

養兵千日，用兵一時，誰願意出戰斬殺賊寇？

哇呀呀，末將願往！

童貫一看，這員猛將是鄭州都監陳翥。他使一口大刀，飛馬出陣。

宋江陣中的「霹靂火」秦明也不搭話，舞動狼牙棒直取陳翥。兩個人鬥了二十多個回合，秦明賣個破綻，放陳翥過來。

陳翥一刀砍空，秦明趁勢手起棒落，把陳翥打於馬下。秦明的兩員副將趕了過來，把陳翥的寶馬搶了過去。

童貫一看，這猛將也不夠猛啊。那邊宋江陣裡的「雙槍將」董平見秦明搶了頭功，自己也不甘示弱。

啊？連馬都給搶去了！

人是真能吹，馬是真能跑啊。

我去捉拿童貫！

董平舞動雙槍，衝進陣來捉拿童貫。童貫一看不能在這等著被抓啊，於是撥馬就走。

西南方門旗裡的「急先鋒」索超早就盯上了童貫，趕忙縱馬來捉。童貫一看，梁山泊眾將都朝自己襲來，這哪裡受得了。

梁山軍勇破長蛇陣

一場混戰後，童貫大軍被梁山好漢殺得七零八落，死傷慘重。童貫更是丟盔卸甲，幸虧他跑得快，才沒被梁山好漢捉去。

童貫輸掉了頭一戰，折損了不少人馬，心裡很是鬱悶，他趕緊召集眾將商議對策。

這兩員大將建議三日後再戰，將全部軍隊都擺成長蛇陣，讓步軍殺過去。這長蛇陣有個好處，你打陣前的時候，尾部可以出擊。你打中間時，首尾兩端又可以一起出擊。童貫一聽非常高興，這下心裡有譜了，傳令下去，讓步軍開始演練長蛇陣。

第三日到了，童貫大軍五更做飯，將士們吃飽喝足。
酆美和畢勝引領大軍，浩浩蕩蕩殺奔梁山泊。

童貫頭腦冷靜，感覺這事有些蹊蹺。酆美和畢勝可不
管那一套，他們覺得自己的長蛇陣到哪都不怕。大軍
到了水泊邊上，還是一個人影也看不到。

童貫大軍遠望水滸山寨，只見一面杏黃旗迎風招展。
水面上有一艘小船，「浪裡白條」張順身披蓑衣，頭戴
草帽，正悠哉地釣魚呢。
步軍頭領隔岸喊話，張順只顧低頭釣魚，就是不回
答。

喂，你知道賊寇
在哪裡嗎？

你不說話我拿
箭射你了！

童貫叫人放箭，一箭射到張順的草帽上，箭羽「啪嗒」
一聲掉在地上了。射到張順身上的箭也都紛紛落地，
射箭的人吃了一驚。見放箭射不到張順，童貫就叫識
水性的士兵，脫了鎧甲，游過去捉拿張順。

張順不慌不忙，看到游過來的士兵，他拿起竹竿，猛敲士兵的腦門，見一個敲一個，都給敲到水裡去了。

這回一下子有五百多人跳進水裡，吶喊著衝向張順。張順朝著童貫大罵，抖落身上的銅製蓑衣，跳進水中。

童貫，你這個亂國的賊臣，害民的禽獸，你今天死路一條。

童貫大怒，連忙叫人放箭。那些游到船邊的士兵，在水中亂叫，張順在水中揮刀砍向士兵。

只聽得蘆葦叢中一聲炮響，霎時間伏兵四起。童貫大吃一驚，一看到處都是梁山泊兵將，嚇得童貫大軍潰不成軍。童貫一看大事不好，大聲下令。

誰敢逃跑，
格殺勿論！

童貫這邊壓住陣腳，就聽後面一聲炮響，「美髯公」朱全和「插翅虎」雷橫帶領五千人馬，掩殺過來，畢勝拍馬挺槍直取雷橫。

雷橫和畢勝你來我往，大戰二十餘回合，不分勝敗。鄧美舞刀來助戰，朱全那邊過來與他攪殺在一起。童貫見了，大聲喝彩。

打了一會兒，朱仝和雷橫撥馬便走，酆美和畢勝在後面追趕。山後又殺出一隊人馬，正是「霹靂火」秦明和「大刀」關勝。四個人話不多說，戰在一處。

這邊激戰正酣，朱仝和雷橫又殺了個回馬槍。這還不算，呼延灼和林沖的隊伍也衝殺過來。

睢州都監段鵬舉跟呼延灼展開廝殺，馬萬里跟林沖打到一處。馬萬里哪裡是林沖的對手，被林沖一槍刺死在了馬下。

梁山泊好漢越來越多，童貫一看實在難以抵擋。所謂的長蛇陣被打得七零八落，混亂不堪。

咱們說好的首尾呼應呢？

一看陣型亂了，童貫只能逃命。「雙槍將」董平飛馬來
取童貫，童貫手下大將王義出來抵擋，被殺出來的索
超一斧子砍死。
童貫的大將韓天麟拼死護駕，被董平一槍刺穿。酆美
和畢勝殺過來，護住童貫就逃。

快跑，這夥人
都是亡命徒。

童貫一看四面八方都是梁山泊的軍馬，趕忙尋找陳州
都監吳秉彝和許州都監李明前來保護自己。不想梁山
泊的楊志和史進殺到，截住二人開始廝殺。

話音未落，史進手起刀落，把吳秉彝給解決了。李明
心慌，閃躲不及，被楊志給砍了。童貫看了，急得直
跺腳。

梁山泊大勝童貫

酆美和畢勝研究如何帶著童貫突圍，他們混戰到四更才殺出重圍。童貫雙手合十，朝天祈禱，誰想到前面的山坡火光沖天。

上天保佑，讓我平安逃脫。

前面還有賊寇埋伏。

「玉麒麟」盧俊義帶著楊雄和石秀攔住童貫的人馬，酆美出戰，幾個回合就被盧俊義生擒活捉了。

得，這下完蛋了，酆美也不美了。

羞死我也！

畢勝、周信和段鵬舉捨命保護童貫，且戰且退。正往前逃的時候，又遇到了李逵和四員猛將攔住去路。

童貫嚇得魂不附體，段鵬舉說這個黑傢伙有勇無謀，他一個回合就能取他性命。段鵬舉拿刀衝向李逵，李逵一斧子就把馬腿砍斷，段鵬舉直接摔了下來。

童貫心中叫苦不迭，段鵬舉一個回合就被人砍下馬了，李逵一板斧把他給解決了。

周信護著童貫就跑，前面的路被「沒羽箭」張清給攔住了。

周信和張清交手，張清一石子打在周信的鼻子上。周信鼻子一疼，翻身落馬。龔旺和丁得孫衝過來，把地上捂著鼻子喊疼的周信給殺了。

我的鼻子！

得了，我是一點指望都沒有了。

現在童貫身邊的大將只剩下畢勝了，童貫緊緊跟著他，二人殺出重圍，落荒而逃。

畢勝，你的名字挺好的，起碼能活著跑出來。

咱們必勝！

宋江見童貫大軍潰敗，也不再趕盡殺絕，下令鳴金收兵。

快跑！

是他們收兵的聲音。

宋江和吳用、公孫勝等人回到梁山泊的忠義堂，開始論功行賞，犒賞三軍。
鄷美被盧俊義活捉，以為必死無疑。沒想到宋江親自給他鬆綁，還好言安慰，並答應三日之後平安送他下山。

權宦童貫

《水滸傳》寫到的作為四大奸臣之一的童貫在歷史上也是實有其人的。童貫可稱得上是歷史上最風光的太監了，手握兵權二十年，還被封了王。他也是後人所痛恨的北宋六大奸臣之一，與蔡京二人狼狽為奸，當時人稱蔡京為公相，稱童貫為媼相。

童貫與蔡京最初相識於杭州。徽宗皇帝即位後，在童貫的協助下，蔡京得以進京任職。來到皇帝身邊的蔡京也極力推薦童貫，加之童貫本人特別擅長諂媚逢迎，很快他就成了國家最高軍事機構——樞密院的負責人，手握軍事重權。

童貫其人能力平平，卻偏偏好大喜功。他不聽勸阻派軍去攻打西夏，結果一敗塗地，還厚顏無恥地向朝廷報捷。後來宋金協議聯手攻打遼國，童貫負責帶大軍攻打遼國陪都燕京，自己攻城失利，居然跑去請金軍代打，再用百萬貫錢贖回來向徽宗請功。而當金軍背棄盟約南下攻擊時，童貫更索性扔下爛攤子逃回了京城。就是這樣一個人，執掌了兵權二十多年，北宋如何能不亡國？

不過《水滸傳》小說中的童貫出場次數並不太多。作為四大奸臣中的老三，雖然壞事也做了不少，可除了親自率軍征討梁山泊外，其他時候基本都追隨在蔡京、高俅身後，那些歹毒手段基本都出自蔡京或高俅，童貫充其量就是個跟風者。事實上，小說似乎把歷史上真實的高俅和童貫顛倒過來了，真實的童貫在北宋歷史上的地位更近於小說中的高俅。

九宮八卦陣

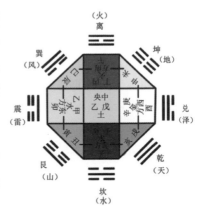

九宮八卦陣是梁山泊的制勝法寶，贏童貫和出征遼國時都曾祭出這個法寶。而這個九宮八卦陣據說就是三國時期諸葛亮所創的八陣圖。

九宮是指東、南、西、北、東南、東北、西南、西北和中央九個方位。「八卦」也就是乾、坤、震、巽、坎、離、艮、兌，它們分別代表天、地、雷、風、水、火、山、澤八種自然現象。據說八卦是伏羲所創，目的是通過這八種自然現象來推演出世間萬事萬物的無窮變化。據八卦圖所示，八卦可以與八個方位相對應。

根據小說所寫，九宮八卦陣就是由將領居中指揮、八支軍隊分別佔據八個方位。其中正南方的軍隊舉紅旗，穿紅甲紅袍騎紅馬，正東一支則是青旗青袍青馬，正西一支全是白旗白甲白馬，正北一支則清一色的黑，中央則一律用黃色。其餘四個偏位雜用幾個顏色，但也各有分別。八卦陣的玄妙之處就在於位居中央的統帥可以讓八個方位的隊伍相互照應，時分時合，根據戰況不斷變換陣型，讓敵人摸不著頭腦。而且各隊伍旗服的顏色對比鮮明，也很有利於將領判斷各隊伍戰況從而加以調度。

當然，這樣的服色安排也與五行有關。古人認為南方屬火，所以適宜用紅色；東方屬木，所以適合青色；西方屬金，所以適合白色；北方屬水，與黑色相應；而中央屬土，正適合黃色。古人認為按照五行分配顏色就可以與自然運行的規律同聲共氣，從而融匯大自然的無盡玄妙。所以這個陣法又叫五行陣。

沒羽箭張清

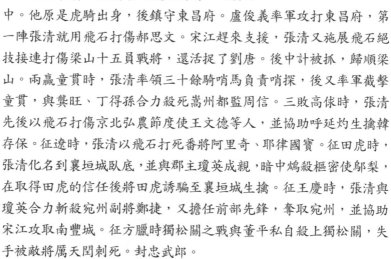

星名：天捷星

座次：16

綽號：沒羽箭

職業：東昌府兵馬都監

武器：出白梨花槍、飛石

外貌特徵：狼腰猿臂

梁山職司：馬軍八驃騎兼先鋒使第五位

主要事蹟：張清善用飛石打將，百發百中。他原是虎騎出身，後鎮守東昌府。盧俊義率軍攻打東昌府，第一陣張清就用飛石打傷郝思文。宋江趕來支援，張清又施展飛石絕技接連打傷梁山十五員戰將，還活捉了劉唐。後中計被抓，歸順梁山。兩贏童貫時，張清率領三十餘騎哨馬負責哨探，後又率軍截擊童貫，與龔旺、丁得孫合力殺死嵩州都監周信。三敗高俅時，張清先後以飛石打傷京北弘農節度使王文德等人，並協助呼延灼生擒韓存保。征遼時，張清以飛石打死番將阿里奇、耶律國寶。征田虎時，張清化名到襄垣城臥底，並與郡主瓊英成親，暗中鴆殺樞密使鄔梨，在取得田虎的信任後將田虎誘騙至襄垣城生擒。征王慶時，張清與瓊英合力斬殺宛州副將鄭捷，又擔任前部先鋒，奪取宛州，並協助宋江攻取南豐城。征方臘時獨松關之戰與董平私自殺上獨松關，失手被敵將厲天閏刺死。封忠武郎。

人物評價：張清用飛石連傷梁山泊十五員大將，可謂神勇；征田虎時成功贏得田虎信任從而成功除掉田虎，又可見其機智。只可惜出場較晚，人物形象有些面目模糊。

金環搖動，飄飄玉蟒撒朱纓。錦袋石子，輕輕飛動似流星。不用強弓硬弩，何須打彈飛鈴。但著處，命歸空。東昌馬騎將，沒羽箭張清。

第7章

宋公明三敗高俅

十節度議取梁山

梁山泊好漢兩次打敗了童貫，宋江和吳用決定派人去東京探聽一下消息，好早做打算，以免對方報復。「神行太保」戴宗請命前往，需要一個助手同去，李逵一聽馬上踴躍報名。

再說童貫兵敗以後，趕緊去找高俅商量對策，二人去找蔡太師啟奏皇上。

皇上一看高俅請命，非常高興，表示全力以赴支持高俅出兵。

高俅很會擺架子，他調派大量精兵，將十大節度使都收在麾下。他還組建了水軍隊伍，找工匠造船，下令用官錢購買民間的船隻。

咱們有錢，隨便買船！都讓皇上報銷！

高俅的水軍頭領叫劉夢龍，他的水性很好，統領一萬五千名水軍，徵調了五百艘船隻。高俅還有一個心腹叫牛邦喜，他負責沿江上下購買船隻。

牛邦喜

劉夢龍

你倆辦事我放心。

高俅還有兩員大將，分別叫做黨世英和黨世雄，弟兄
二人都很有本事。高俅一共調集了十三萬精兵，出兵
征討梁山泊。他還帶了三十多個女子，到時候行軍打
仗累了，還可以看看歌舞表演。

勞逸結合，
事半功倍！

戴宗把探得的消息及時彙報上去，宋江和吳用決定先
給高俅點顏色看看。

先打擊一下
他的囂張氣
焰。

叫高俅知道
一下厲害！

兩軍對陣，高俅這邊的先鋒官王煥挺槍出戰。宋江苦勸王煥，認為他年齡大了，不適合戰鬥。王煥不服，在馬上破口大罵。

「豹子頭」林沖早就等不及了，見王煥不識好歹，於是拍馬出戰。兩個人戰在一處，七、八十個回合不分勝敗。高俅那邊的節度使荊忠立功心切，衝出陣來，梁山這邊的呼延灼也拍馬趕到，擋住荊忠。

呼延灼賣個破綻，提起鋼鞭，把荊忠打死在馬下。雙方發生混戰，高俅的兵馬抵擋不住勇猛的梁山大軍。

這邊高俅大敗，水路那邊的戰鬥也在進行。劉夢龍和黨世雄帶領水軍直奔梁山泊，只見蘆葦浩蕩，官船威風八面。

正往前走，只見梁山好漢把狹窄的水路堵滿了，士兵搖不動櫓槳，官軍頓時慌神了。只聽四下裡吶喊聲大作，劉夢龍一看情況不好，脫下鎧甲就跳下水逃跑了。

黨世雄不肯逃跑，跟阮小二等人交戰。他哪裡是眾位好漢的對手，被打下水去，被阮小二揪住頭髮活捉了。

高俅看見水面的船隻都沉了不少，趕緊帶著人馬收兵回了濟州，到了濟州發現劉夢龍已經逃回來了。

高俅氣壞了，召集眾將商量下一步的對策。有人推薦去請聞煥章來加盟，讓他給出主意，對付吳用那幫人。

那就趕緊派人去請他來。

報，梁山賊寇又來挑戰。

高俅一聽大怒，這邊安排人回京找聞煥章幫忙，這邊帶著人馬出戰。

這還追到家門口來了，給我打！

呼延灼在外叫陣，高俅這邊的節度使韓存保出馬迎戰。雙方大戰五十多個回合，呼延灼撥馬逃走，韓存保緊緊追趕。

兩人遠離了戰場，來到荒山野嶺，先是在馬上繼續打鬥，然後又在河水中交鋒。後來兩個人赤手相搏，打得是難解難分。

兩個人正在岸邊拳腳交加地糾纏在一起，「沒羽箭」張清帶人趕到了。他看著兩個人的樣子，哈哈大笑。

都下馬，給我把他逮住。

這傢伙跟野豬似的，老有勁了。

我咬死你。

張清等人下馬，一群人摁住韓存保，將他五花大綁起來。在忠義堂上，宋江親自爲韓存保解開了綁繩，還把先前抓住的黨世雄也請了出來。

> 這傢伙跟野豬似的，不綁狠點兒不行啊。

> 將軍受苦了。

> 這……你們什麼意思啊？

宋江不但不殺二人，還吩咐用好酒好菜招待，這讓二人感激萬分。

> 二位請上座。

宋江表明了態度，表示我們梁山泊不是造反，只是被逼無奈。他希望韓存保和黨世雄回去幫助說點好話，促成招安大事。

兩個人平安回到濟州城，高俅氣壞了，非要殺了他倆。王煥等人跪地求饒，高俅才作罷，他讓人把韓存保和黨世雄押解回京，聽候發落。

這韓存保家的親戚在朝廷當官，韓存保回去以後把這件事如實說了，親戚帶著韓存保見了蔡京。

蔡太師跟皇上稟明了緣由，皇上想起來高俅要聞煥章去幫忙的事情，正好任命聞煥章為天使，去梁山泊招安宋江。

劉唐放火燒戰船

這邊高俅命令牛邦喜去購買船隻，牛邦喜辦事得力，很快湊齊了一千五百隻大小船隻。高俅怕梁山水軍將船各個擊破，決定把這些船隻都拴在一起。

高俅再次起兵，派水路統軍牛邦喜、劉夢龍和黨世英輔佐，他一聲令下，水路、陸路大軍再次殺向梁山泊。

戰船接近金沙灘時，只聽兩邊炮響陣陣。公孫勝在山上作法，頓時飛砂走石，白浪滾滾，蘆葦叢中衝出很多裝著乾柴的小船。

他們搞什麼鬼？

上面都是柴草。

鼓聲一響，劉唐帶著梁山泊的嘍囉們點燃了小船，小船借著風勢衝了過來。霎時間烈焰沖天，高俅手下的官兵被燒得鬼哭狼嚎。

給我頂住！劉夢龍呢？

報，他跳河跑了。

這小子又來！

劉夢龍一看官船燒起來了，趕緊跳船逃跑。「混江龍」
李俊早就看到了，跳入水中把劉夢龍攔腰抱住。

李俊

放開我！
啊，咚咚……

牛邦喜一看劉夢龍沒了蹤影，也慌了手腳，想要棄船
而逃。沒想到他遇到張橫，被張橫拖下水來生擒活
捉。

哎呀，饒命！

劉夢龍和牛邦喜都被抓住了，李俊和張橫一商量，如果把他們活著抓到山上去，宋江肯定還得給放了，乾脆把兩個人都給殺了。

聽說他們優待俘虜！

對。

對不起啦，我倆研究了一下，得殺掉你倆。

高俅心裡還洋洋得意呢，以為自己設計的水軍陣型一定能夠旗開得勝，結果只聽連珠炮響，自己的兵馬只逃回來一少部分。

跑回來幹什麼？

沒跑回來的都死了。

咱們的船隻是連在一起的，怎麼就打不過他們？

別提了，倒楣就倒楣在連起來了，都被人家給燒了。

高俅一聽心裡發慌，只見前面鼓聲大作，「急先鋒」索超掄著開山大斧殺了過來。高俅嚇得一路潰敗，逃入濟州。

嚇死我也！

這第二次交鋒，以高俅慘敗收場。高俅驚得魂不附體，也顧不上欣賞文藝節目了，躲在房裡渾身哆嗦。

天使到！

啊，快跑，快跑。

是皇上派來的天使。

天使聞煥章帶著皇上的招安聖旨而來，高俅跟心腹王
瑾商量，把其中的字詞給斷句處理了一下。

「除宋江、盧俊義等
大小人眾所犯過惡，並與赦
免。」這一句可以重新處理。
咱們分開念，只念「除宋江」，
就是先把宋江幹掉，
其他人沒事。

人才啊！

王瑾

聞煥章一聽，你們這是在耍心眼啊，皇上不是這個意
思，不能隨意篡改。高俅根本不聽聞煥章的，傳梁山
泊宋江等人前來接旨。

你來這都是
我請示皇上的，
你少管閒事。

不能違背皇上
的旨意！

宋江一聽消息，覺得自己終於感動了皇上，心裡十分
高興，馬上決定去接旨。吳用生怕事情有變，還是勸
宋江小心行事，並暗中佈置了人馬。

你看你看，皇上
來信了吧。

冷靜啊，衝動
是魔鬼。

宋江等人按時趕到，高俅在城上斥責他們，
表示皇上叫你們來聽旨，你們帶著兵器不成
體統，讓宋江等人下馬聽旨。

你要按照我標注
的標點符號斷句，
懂了嗎？

使臣當然不敢違抗高俅的意思，只能照他說的讀了。
吳用耳朵尖，一聽聖旨內容，就小聲告訴了花榮。

兄弟，皇上說要除掉宋江，其他人沒事。

想弄死宋江哥哥，那我們投降幹什麼？

花榮彎弓搭箭，一箭就把念詔書的使臣給射死了。城下好漢大喊一聲「反」，亂箭射了過去，高俅嚇得屁滾尿流跑下城去。這樣一來，事態一下子變嚴重了，高俅寫了奏章，說宋江等人謀反。

射死天使，不服招安。罪該萬死，必須討伐。

張順鑿漏海鰍船

皇上果然不高興了，給高俅派遣了精兵強將，派來了八十萬禁軍教頭丘岳和周昂，再次攻打梁山泊。

宋江太可惡了，屢次三番羞辱我。

高俅這邊緊鑼密鼓地準備戰鬥，他叫人去山林砍伐大樹造船，而且還找了一個叫葉春的能工巧匠來負責造船。

你不用擔心費用，你就負責造船，能把宋江打敗就行。

原來你們失敗都是因為船小，這回咱們造巨船！

巨船好，就叫「高俅號」！

葉春

宋江這邊派出探馬，很快打聽到葉春造巨船的事。吳用一聽這還了得，派出了顧大嫂和孫二娘等人混入造船現場，伺機進行破壞。

梁山好漢潛入造船工地，放火破壞現場。高俅叫苦不迭，造船的速度明顯緩慢下來。

救火啊，不能被他們給燒掉啊。

顧大嫂

高俅睡夢裡聽到有人喊船場裡起火，嚇得趕緊叫丘岳
和周昂去擒賊。結果丘岳遇到張清，二人廝殺起來，
被張清一石子打中面部。

這枚小石子把丘岳的四顆牙齒打掉了，鼻子也被打歪
了，嘴唇都打破了。高俅一看，這梁山泊賊寇太可惡
了，率領大軍出擊。

高俅駕駛大船出擊，還讓樂隊伴奏。高俅讓人在巨船
上寫道：攪海翻江沖巨浪，安邦定國滅洪妖。

萬萬沒有料到的是，這巨船看著威猛，在梁山泊好漢
面前卻是不堪一擊。這些好漢們想好了對付的辦法，
巨船很快就被攻陷了。

葉春，這是什
麼情況啊？

誰知道梁山泊的人
這麼野蠻啊。

高俅還在罵葉春，「浪裡白條」張順上來就把高俅給揪住，然後扔到水裡去了。童威、童猛抓住徐京，楊林殺了丘岳，解珍、解寶把聞煥章和歌舞隊都給逮住了。

宋江把高俅帶到忠義堂，殺雞宰羊招待他。高俅一看自己部下也沒剩幾個人，心裡忐忑不安，不知道自己會被怎樣處置。

宋江求高俅多多美言，回去跟皇上商量招安的事情。
高俅見保住了性命，高興起來。

宴席上高俅喝高了，酒後誇海口認爲自己是相撲高
手，根本沒有對手。盧俊義就叫燕青跟高俅過兩招，
結果燕青一招就把高俅摔得翻白眼了。

宋朝官兵為什麼這麼弱？

《水滸傳》寫梁山泊隊伍兩贏童貫、三敗高俅，威風八面。這樣亮眼的戰績當然顯示了梁山隊伍超強的戰鬥力，可同時也說明朝廷正規軍的武力實在是太弱了。那為什麼會這樣呢？

宋朝的開國皇帝趙匡胤是通過兵變當上皇帝的，可能就是這樣才導致了他和他的子孫們對武將的不信任，總是擔心會有人用同樣方法奪了他們的位子，所以建國開始皇帝就努力崇文抑武，極力抬高文官的地位和待遇，卻極力貶低武將、削弱兵權。

宋朝皇帝把領兵權和調兵權分別歸屬兩個部門，讓兩個部門互相牽制。而且負責統兵的將帥也會頻繁調動，不斷地互換防區，目的是為了避免將帥在軍隊中培植自己的勢力。不過這雖然避免了軍閥割據的危險，但也造成了兵不識將、將不識兵的尷尬狀況，使得將領和士兵之間缺乏必要的熟悉磨合，臨戰之時的戰鬥力因此被大大削弱。

而且重文抑武的政策也導致武將地位低下，在朝中經常遭到文官的排擠。北宋名將狄青威震敵國、功勳卓著，最後卻因被排擠抑鬱而終。狄青這樣的名將尚且如此，一般武將的處境可想而知。這就導致人們越來越不願擔任武職，武將的素質因此大幅下滑。

種種原因造成宋朝官兵的戰鬥力極弱，一直被周邊遼、西夏、金等少數民族政權碾壓，對外戰爭的戰績尤其慘不忍睹。

節度使

　　高俅調用了朝廷十個節度使，令每人各領一萬兵馬在濟州集結，一起浩浩蕩蕩出發討伐梁山泊。「節度使」這個官職名稱在《水滸傳》中也曾多次出現，比如小說裡朱仝在征方臘後就因追隨劉光世大破金軍而官至太平軍節度使。

　　「節度」就是節制調度的意思。唐朝由於周邊少數民族勢力崛起，邊境戰事頻繁，為了加強防禦，逐漸在西南、西北、北方及東北的邊境沿線設立固定的軍隊駐紮地，後來將相鄰的幾個軍隊駐紮地總為一個軍區，並選派一人負責整個軍區的節制管理和調度，這個官職後來就稱為「節度使」，大概相當於我們現在的軍區司令。而且為了保證前方軍隊的供給，朝廷還經常由節度使兼任地方官，一人手握地方的軍、民、財大權。不過這也導致後來節度使權力日益膨脹，並逐漸失控。唐代後期節度使大權獨攬，逐漸擺脫中央的控制，形成地方割據政權，後來奪取了唐朝政權的後梁太祖朱溫就是擔任宣武軍節度使期間趁機不斷擴大勢力並成為唐末最大的割據勢力的。

　　所以為了不重蹈唐朝的覆轍，宋代建國後就逐漸架空了節度使的權力，使得「節度使」一職在宋代最終完全成了一種榮譽性的虛銜。對於宋代的宗室、朝臣而言，封「節度使」確實代表了朝廷的最高獎賞，既是最高的榮譽，也附帶著極其優厚的待遇，但卻沒有半點實權。

　　這樣看來，朱仝出生入死抗擊金軍，最後官封節度使，其實也只代表了朝廷對他功績的肯定和獎賞，跟權力和地位都無關。

恭喜大人成為節度使。

嘿嘿！

混江龍李俊

水滸人物檔案

星名：天壽星

座次：26

綽號：混江龍

身份：揚子江撐船艄公

才藝：善水性

外貌：身高八尺，濃眉毛，大眼睛，紅臉皮，鐵絲般髭鬚

梁山職司：四寨水軍頭領第一位

主要事蹟：李俊本是揚子江撐船艄公，為揭陽一霸。宋江刺配江州途經揭陽嶺，被李立用蒙汗藥麻翻，幸好李俊趕到救下宋江。後宋江在潯陽江上了張橫的黑船，被逼跳江時李俊又恰巧撐船經過，再一次救下宋江。宋江江州題反詩，李俊與張橫等駕船赴江州救宋江，後攻打無為軍時李俊又協助張順生擒黃文炳。上梁山後，李俊負責鎮水軍寨，在水軍頭領中位居第一。三敗高俅時，李俊擒殺劉夢龍，又與張橫聯手擒獲王文德。征遼時，李俊率水軍奪取檀州水門。征田虎時，李俊向盧俊義獻水攻之計，水灌太原，李俊趁機率水軍殺入城中。征王慶時，李俊率水軍大戰瞿塘峽，奪取雲安州，後又和童家兄弟一起生擒賊首王慶。征方臘時，李俊率水軍收復江陰、太倉，協助宋江攻佔蘇州。之後李俊又到清溪城中詐降，協助大軍破城。班師途徑蘇州時，李俊詐中風請求宋江留下童威、童猛兩兄弟照顧，後三人到榆柳莊找到費保四人，七人一起駕船出海投化外國，李俊後來還成了暹羅國之主。

人物評價：「功成，名遂，身退。」出身草莽的李俊真的做到了，所以成了水滸英雄中結局最好的一個。

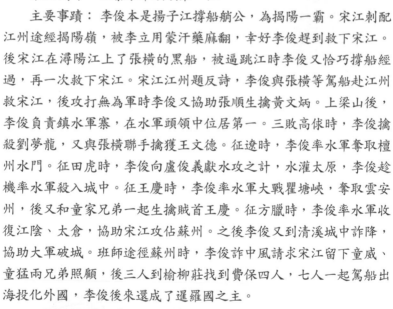

家住潯陽江浦上，最稱豪傑英雄。眉濃眼大面皮紅。髭鬚垂鐵線，語話若銅鐘。凜凜身軀長八尺，能揮利劍霜鋒。衝波躍浪立奇功。廬州生李俊，綽號混江龍。

第 8 章

宋公明奉詔
征大遼

꧁梁山泊全夥受招安꧂

話說大遼國王起兵，侵佔大宋邊界，他們兵分四路，劫掠山東、山西等地。各地官員趕緊上書皇上，奏明此事。

這些緊急奏章到達京城以後，童貫和太師蔡京、太尉高俅等人一研究，決定按下奏章不告訴皇上，叫各地自己想辦法解決。此事天下人盡皆知，就瞞著皇上一人。

誰料這朝廷還有忠臣，殿前督太尉宿元景啟奏皇上，
說了邊關告急，大遼國已經殺到眼前的事。

臣推薦剛剛
歸降的宋江等一百
單八將起兵抗遼，他
們都是忠臣良將，一
定要重用！

你閉嘴吧！

皇上聽完宿元景的稟報，龍顏大怒，先把童貫等官員
一頓大罵，然後叫宿元景親自督辦此事。皇上賜宋江
為破遼先鋒，派他去討伐遼國。

你們都是奸臣和
誤國之輩，竟然妒忌
賢能，欺上瞞下！

童貫等人被罵得十分狼狽，太尉宿元景領了聖旨出朝，來到宋江寨前宣讀。宋江趕緊安排大家擺好香案，熱烈歡迎。

宋江和盧俊義等人一聽，皇上委以大任，頓時都很欣喜，宋江代表眾人進行了表態。

宋江等人抓緊時間準備，安頓好了梁山泊的事情，拜別了天王晁蓋的靈位，然後入京辭別皇上。

宿太尉引領宋江來見皇上，皇上十分高興，對宋江進行了一番表揚。皇上還賜給宋江一副描金鵲畫弓箭，一匹名馬，全副鞍轡和一口寶刀。宋江跪地謝恩。

宋徽宗第二天傳下聖旨，叫中書省派官員去陳橋驛犒勞三軍，給每名軍士發放一瓶酒和一斤肉。中書省接到聖旨，趕緊準備。

犒勞將士們，伙食一定要搞好。

謹遵聖旨。

中書省派來的官員在陳橋驛發放酒肉，犒賞三軍。誰想到這些官員貪得無厭，他們利用權力之便，剋扣將士們的酒肉。

不對啊，怎麼只有半瓶酒和四兩肉？

哎呀，給你們這些就不少了，你們還要什麼啊？

軍校

雙方發生了口角，一個軍校不服，開始指責官員。官員也不客氣，開始謾罵軍校是賊寇。

軍校被罵得生氣，一刀殺了官員。這下事情鬧大了，本來高俅等人就在找宋江的麻煩，現在禍事惹下了，皇上也動怒了。

宋公明揮軍向遼國

軍校自盡身亡，宿太尉從中講情，皇上才沒有追究。
他命令宋江大軍即日出發攻打遼國。宋江大哭一場，
垂淚上馬，指揮兵馬向北進發。

> 兄弟們啊，
> 莫要衝動了。

那大遼國兵分四路進犯大宋，宋江和吳用商議，不管
他們如何部署兵力，先去打幾個城池下來，到時候他
們自然就會收兵，不敢侵犯了。

> 堅持我們自己
> 的打法，叫他們
> 亂了陣腳。

前面是大遼國的檀州，這是遼國的緊要隘口，城池周圍被潞水圍繞，宋江叫戴宗和李俊去探查究竟。

這檀州城的守衛是遼國的洞仙侍郎李董相公，他手下有四員大將，一個叫做阿里奇，一個叫做咬兒惟康，一個叫做楚明玉，一個叫做曹明濟。

洞仙侍郎一面寫信飛報給遼國的皇上，一面調兵出戰迎敵。他派阿里奇和楚明玉二人，引兵三萬迎擊宋江大軍。

雙方在陣前相見，宋江看見阿里奇，覺得不能輕敵。阿里奇在叫陣，「金槍手」徐寧橫著鉤鐮槍出戰。

這阿里奇果真有些本事，與徐寧大戰三十多個回合，徐寧漸漸抵擋不住。徐寧撥馬敗走，阿里奇追趕。宋江陣中的花榮把弓箭取了出來，張清也摸出了一枚石子。

哪裡走！

花榮還沒來得及射箭，張清一枚石子打了過去。阿里奇躲閃不及，翻身落馬。花榮、林沖、秦明、索超一起殺了出來，捉住了阿里奇，搶了他的戰馬。

啊！

楚明玉見阿里奇落馬，前去相救，卻被宋江的兵馬給包圍。遼軍大敗，一路逃奔檀州城，楚明玉說了阿里奇被殺的過程。

本來阿里奇贏了，結果被一個小子用石子暗中偷襲了。

真是小人啊！

宋江大軍很快殺到了檀州城下，洞仙侍郎叫楚明玉指認殺死阿里奇的張清，楚明玉正在介紹呢，張清一枚石子飛過來，把洞仙侍郎的耳朵打中。

啊，耳朵給我打飛啦！

那個就是……

遼軍閉門不出，宋江在城下久攻不下，只能退兵回去
再想辦法。
西北方向殺來一萬精兵，是遼國趕來的援兵，宋江派
人馬上迎敵。

原來是大遼國的皇上聽說梁山泊的宋江等人進攻檀州，放心不下，派自己的兩個侄子前來支援，一個叫做耶律國珍，一個叫做耶律國寶。

耶律國珍和耶律國寶是一樣的打扮，使用的兵器都是鋼槍。宋江陣中閃出「雙槍將」董平，揮舞雙槍殺了過來。

兩個人的武藝都很厲害，大戰了五十多個回合仍不分勝敗。耶律國寶有點擔心哥哥，想要鳴鑼收兵。哪裡想到這鑼聲幫了倒忙，耶律國珍聽見鳴鑼聲，一下子分神了，被董平瞅準機會一槍刺死了。

耶律國寶一看，心裡後悔不已，惱羞成怒的他驅馬直奔董平而來。「沒羽箭」張清迎面趕來，一枚石子打向了耶律國寶。

耶律國寶躲避不及，石子正中他的面門，耶律國寶一聲悶哼，翻身落馬。遼軍一看主將都戰死了，四散潰逃。

什麼東西飛來了？

嗖！

嗖！

洞仙侍郎一直等待援兵，不料得到的消息卻是耶律國珍兄弟雙雙陣亡。

哇呀呀，是不是又被石子給打死了？

你猜對了一半，耶律國寶是被石子打死的。

宋江軍馬水陸並進，再次攻城。洞仙侍郎安排部署，雙方大戰一觸即發。

都躲著點石子。

宋江派李逵和樊瑞引領步兵在城下罵陣，洞仙侍郎出城衝殺。李逵這邊堵在吊橋邊上開戰，洞仙侍郎一看這是什麼打法啊，心中不解。

洞仙侍郎命令楚明玉等人開水門出來，但宋江這邊早就做好了埋伏，水軍頭領的戰船衝了出來。

宋江這邊還有高人，凌振點了一個風火炮，又放了一個車箱炮，炸得遼軍倉皇奔逃，洞仙侍郎更是被火炮聲音嚇得魂不附體。

李逵等人率步兵殺入城來，洞仙侍郎在咬兒惟康的保護下奪門而逃。

就這樣宋江率領大軍打下了檀州城，宋江下令不准騷擾百姓，還安榜撫民，犒賞三軍。宋江得勝後，受到朝廷嘉獎，皇上鼓勵大軍再次出擊。

洞仙侍郎帶著殘兵敗將退到薊州，見到了御弟大王耶律得重，詳細說了宋江大軍的厲害，重點刻畫了張清專用石子傷人的事。

看見我這耳朵了嗎？都是那小子打的。

必須先殺了這小子。

耶律得重

宋公明兵打薊州城

宋江大軍很快兵分兩路攻打薊州，耶律得重帶著大軍和手下十數員戰將迎敵，一個總兵大將喚做寶密聖，一個副總兵喚做天山勇，負責守住薊州城池。耶律得重還有四個兒子，長子耶律宗雲，次子耶律宗電，三子耶律宗雷，四子耶律宗霖，也隨他一同出戰。

一定要注意會打石子的。

兩軍對壘，「大刀」關勝率先出戰，那邊耶律宗雲拍馬來戰，兩邊開始混戰。「沒羽箭」張清殺了出來，遼軍很多人都認識他，馬上告訴大家小心。

大王，就是他，就是他。

耶律得重一看，必須要好好對付張清。手下大將天山勇拿出弩箭來，趁著張清不備，悄悄接近了他。

天山勇的弩箭一下子射中了張清的喉嚨，張清瞬間翻身落馬。「雙槍將」董平、「九紋龍」史進還有解珍、解寶死命相救，才把張清救回來。

盧俊義陷入遼軍圍困，耶律得重的四個兒子發起了攻擊。盧俊義力戰四個番將，毫無懼色。

鬥了一個時辰，四將也拿不下盧俊義，反倒是盧俊義越戰越勇，一槍把耶律宗霖刺死在馬下。

另外三人一看大事不好，都逃跑了，盧俊義一人就打
退了遼軍。宋江下令鳴金收軍，大軍進了玉田縣，與
盧俊義合到一處，一起攻打薊州。

御弟大王戰死了兩個兒子，心痛不已，聽說宋江大軍
殺到，馬上出去迎戰。雙方擺開陣勢，番將寶密聖出
戰，林沖也拍馬迎敵，三十個回合後，林沖一槍刺死
寶密聖。天山勇一看，馬上橫槍出擊，
「金槍手」徐寧與他戰在一處。沒幾個
回合下來，天山勇就被徐寧殺了。

洞仙侍郎帶軍迎戰，也是接連折損大將。咬兒惟康鬥不過「急先鋒」索超，被索超用開山大斧砍死於馬上。

洞仙侍郎派出楚明玉迎敵，卻被史進斬殺。洞仙侍郎嚇得狼狽逃竄，耶律得重知道大勢已去，閉門不戰，給大遼皇上寫信求助。

徽宗年間的宋遼之戰

宋江率領梁山泊大軍經歷苦戰終於擊敗遼國大軍，迫使遼國豎起白旗，請求臣服於宋：「年年進牛馬，歲歲獻珍珠，再不敢侵犯中國。」可惜在真實的宋遼對抗歷史中，宋王朝從來沒有過這樣的揚眉吐氣。

嗚嗚嗚，又打輸了。

童貫

遼國是由契丹族建立的少數民族政權，在唐末五代時強勢崛起。後晉的開國皇帝石敬瑭為了得到契丹的支持，主動把燕雲十六州獻給契丹，使契丹政權進一步向南延伸。宋朝建國之初，宋太宗也曾想過用武力奪回燕雲十六州，可惜連連敗績，從此宋王朝只能轉攻為守，之後達成「澶淵之盟」，靠著每年給遼國送去幾十萬銀子綢緞來換取邊境和平。

徽宗年間，另外一支少數民族勢力崛起了，這就是女真族建立的金國。金國不斷進攻遼且節節勝利。這時一個長期生活在遼國燕京（今北京）的漢人馬植為了讓燕京再次回歸祖國，於是建議宋聯合金國一起進攻遼國，並趁機收回燕雲十六州。徽宗接納了這個建議，與金國訂立海上之盟，約定一南一北同時進攻遼國。

金軍一路勢如破竹，而宋軍以童貫為統帥，卻是連連敗退，最後遼國僅憑殘餘的一萬多人居然把宋二十萬大軍打得落花流水。無奈之下，童貫請求金軍出手，然後宋再次用每年送給金國幾十萬銀兩綢緞的方式贖回了燕雲十六州中的七個州。

而更為諷刺的是，這次聯手使得金國終於看清了大宋的「實力」，於是滅遼後毫無忌憚地揮軍南下，攻進汴京結束了北宋政權。這樣的結局恐怕是馬植始料未及的吧。

郎主

　　《水滸傳》提到遼國皇帝時都稱遼國國主或郎主，而且寫到遼國大臣向遼國皇帝奏事時也是稱本國君主為「郎主」。

　　「郎主」其實是漢民族文化早已出現的固有稱謂。「郎主」最早是家奴對主人的稱呼，後來也用作妻子對丈夫的尊稱。比如李賀《江樓曲》就有一句：「黃粉油衫寄郎主」，「油衫」是古人用桐油塗製而成的雨衣，「郎主」就是妻子對丈夫的稱呼。這句詩就是說家中的妻子思念外出經商的丈夫，一想到丈夫在外不知經歷多少風吹雨淋，就打算趕緊給他寄雨衣。

　　南宋以後才經常把遼金等少數民族政權的國君稱為郎主，而且在後來的小說戲曲裡越來越常見，甚至寫到遼金本國臣子稱呼自己國君時也稱「郎主」。但翻閱遼金兩國的本國資料就會發現事實並非如此，遼金兩國人根本不會稱呼自己國君作「郎主」，這個稱呼很有可能是漢人開始使用的。

　　「郎主」的意思更接近於「家主」，南宋人稱呼少數民族君主為郎主，一是為了把異族君主和本國君主區別開來，同時也暗含了貶低之意，就是說大宋皇帝才是天下之主，這些少數民族皇帝都要低一等，只能是「家主」。當然後來「郎主」這個詞還經常被寫作「狼主」，其貶損之意就更明顯了。

大刀關勝

星名：天勇星

座次：5

綽號：大刀關勝

職業：蒲東巡檢

武器：青龍偃月刀

梁山職司：馬軍五虎將第一位

外貌：八尺五六身軀，細細三柳髭

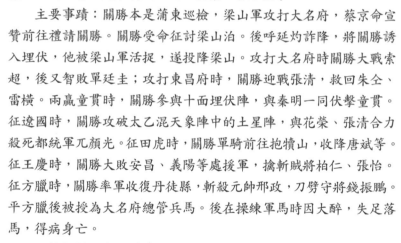

關勝

鬚。兩眉入鬢，鳳眼朝天。面如重棗，唇若塗朱。

主要事蹟：關勝本是蒲東巡檢，梁山軍攻打大名府，蔡京命宣贊前往禮請關勝。關勝受命征討梁山泊。後呼延灼詐降，將關勝誘入埋伏，他被梁山軍活捉，遂投降梁山。攻打大名府時關勝大戰索超，後又智敗單廷圭；攻打東昌府時，關勝迎戰張清，救回朱仝、雷橫。兩贏童貫時，關勝參與十面埋伏陣，與秦明一同伏擊童貫。征遼國時，關勝攻破太乙混天象陣中的土星陣，與花榮、張清合力殺死都統軍兀顏光。征田虎時，關勝單騎前往抱犢山，收降唐斌等。征王慶時，關勝大敗安昌、義陽等處援軍，擒斬賊將柏仁、張怡。征方臘時，關勝率軍收復丹徒縣，斬殺元帥邢政，刀劈守將錢振鵬。平方臘後被授為大名府總管兵馬。後在操練軍馬時因大醉，失足落馬，得病身亡。

人物評價：大刀關勝是名將關羽之後，使一把青龍偃月刀，相貌、性情、才能都有乃祖遺風。他有萬夫不敵之勇，因性情剛正鬱鬱不得志，但國家危難時，仍毫無怨言地臨危受命，一片忠勇令人欽敬。被迫投靠梁山後，衝鋒陷陣，立功無數，一生磊落，至死不渝。

漢國功臣苗裔，三分良將玄孫。繡旗飄掛動天兵，金甲綠袍相稱。赤兔馬騰騰紫霞，青龍刀凜凜寒冰。蒲東郡內產豪英，義勇大刀關勝。

第 9 章
宋公明神聚蓼兒窪

柴進臥底方臘軍

宋江率軍征討方臘，損傷十分慘重，很多梁山好漢紛紛戰死。後來，柴進和燕青利用化名打入了方臘大軍內部。柴進改名叫柯引，還成爲了方臘家的東床駙馬。

柴進在方臘困難時期主動請戰出擊，迎戰梁山好漢。幾次出戰，柴進都大獲全勝，這更是讓方臘深信不疑。

關勝和朱仝也跟柴進交手，都被柴進給打得沒了脾氣，紛紛敗退。這下方臘樂得合不攏嘴，開始誇獎女婿。

沒有想到賢婿是文武全才啊。

梁山泊那些人，有一個算一個，暫時都打不過我。

柴進和宋江裡應外合。這一天，柴進陪同方傑出戰。這方傑是方臘最信賴的大將，也是方臘的侄子，武藝十分高強。

姐夫，你給我壓住陣腳，我去殺敵。

沒問題。

方傑

方傑大戰關勝，打得難解難分。宋江這邊開始車輪戰，派上幾名大將同時圍攻方傑。

方傑聽了柴進的話，立即撥馬撤退。哪裡想到柴進突然出手，一槍殺死了方傑。

在柴進和燕青的帶領下，宋江大軍殺入方臘的老巢。金芝公主得到消息以後，自盡身亡，柴進一把火燒了方臘的皇宮。

遠處山上的方臘看見方傑被斬殺，而自己的女婿是臥底，非常傷心。他在深山裡躲了起來，不料撞見了魯智深。

我看你長得像方臘呢。

我就是方臘。

方臘被擒獲，梁山英雄取得了勝利。阮小七殺入深宮，搜出一個箱子，裡面是方臘做的龍袍和龍冠。阮小七很好奇，就穿上這身衣服顯擺起來。

誰想到童貫手下的大將王稟和趙譚看見了，覺得這是冒犯了朝廷，就開始對著阮小七大罵。

꧁ 花和尚聽潮圓寂 ꧂

呼延灼發現情況不對，趕緊及時報告給宋江，才沒釀
成流血衝突，可是王稟和趙譚卻懷恨在心。

魯智深捉到了方臘以後，跟武松在寺廟中歇息。他忽
然聽得門外傳來的潮水聲，想起以前師父的教誨，一
下子頓悟了。

251

魯智深哈哈大笑，然後沐浴更衣。宋江趕來的時候，
魯智深已經從容圓寂。武松也不想回朝廷效命，執意
留在六和寺出家。

宋江押解著方臘踏上回京的路途，想到傷亡衆將，不
禁潸然淚下。在杭州患病的張橫、穆弘等六人，由朱
富、穆春照顧，而這八人後來也先後患病死去。

我的好兄弟
們啊！

宋江一路回京，此時林沖因病去世，楊雄也因爲背上長瘡身亡，時遷也因病離開人世。宋江知道了，感傷不已。這個時候又有人報，楊志也去世了。

楊志也去世了。

嗚嗚嗚！

在路上，燕青找到自己的主人盧俊義，提出自己要離開朝廷。他還勸盧俊義一同離開，盧俊義大爲不解。

咱們現在正是好時候啊，大破遼兵，征討方臘，咱們幹得都不錯啊。

唉，你看看歷史上的韓信等人，哪一個有好下場了。

盧俊義參悟不透燕青的話，執意不走，燕青只能朝著
盧俊義拜了再拜。當晚，燕青給宋江留下一封書信後
不辭而別。

我算是活得
通透了，把信
給大哥。

宋江看完燕青的書信，整個人悶悶不樂。

燕青兄弟也離
我而去了。

宋江的大隊人馬走到蘇州城外，「混江龍」李俊中風倒地，手下將士趕緊報告宋江，宋江親自來看望李俊。

兄弟，你感覺怎麼樣？

哥哥別耽誤了行軍路程，到時候朝廷該怪罪了。

不礙事。

要不這樣，你留下童威和童猛兄弟照顧我，我病好以後就去找你們。

宋江一聽這樣安排挺好，也沒多想，就答應了李俊的要求。

不辛苦，我們一定好好照顧他。

那辛苦童威、童猛兄弟了。

宋江依依不捨地率領大部隊出發，宋江走後，李俊一
骨碌就從病床上起來了。

其實李俊心裡早做好了打算，利用裝病騙過了宋江。
他早就打造好了船隻，帶著童威和童猛從太倉港出
海，到了國外，後來成了暹羅國的國主。

眾英雄兔死狗烹

宋江的三軍人馬，九月二十後回到東京。宋江率軍馬在舊時的陳橋驛紮營，聽候聖旨。

三日之後，宋徽宗宣旨接見宋江。宋江等人走進京城，老百姓看了以後讚歎不已。

> 想我一百單八將，就剩下這麼些人了，嗚嗚嗚。

宋江等二十七人來到正陽門下，齊齊下馬入朝。宋江、盧俊義為首，上前八拜，退後八拜，然後進中八拜，二十四拜後大呼萬歲。

朕知道眾愛卿九死一生，為朝廷立下了汗馬功勞，將士們也折損大半，辛苦了。

宋江呈上文書，詳細記述了陣亡將士名單。正將十四員、偏將十五員戰死沙場，路上病故的好漢有十員……宋徽宗看了，嗟歎不已，決定進行表彰。

正將偏將，各授名爵。正將封為忠武郎，偏將封為義節郎。如有子孫者，就令赴京，照名承襲官爵；如無子孫者，敕賜立廟，所在享祭……

謝主隆恩。

宋徽宗對梁山好漢一百單八將都一一進行了封賞，宋江內心稍有安慰。宋江感恩跪謝，天子設宴款待，為功臣們慶賀。

哥哥，皇上請客吃席，你怎麼還不高興？

唉，這酒肉不香啊。

宋江安頓完畢，帶著弟弟宋清先回老家了。他得知父親早就去世後，不免又是一頓痛哭。

父親啊，兒子沒有辜負您的期望，如今得到國家重用了。

宋江在鄉下住了數月，然後辭別鄉親回東京了，弟弟宋清沒有隨他一起回去。這一天，戴宗前來探望宋江。

哥哥，我來看你來了。

哥哥好想你。

戴宗前來告訴宋江，他打算辭官去泰安州的嶽廟陪堂出家了。

兄弟怎麼還有這樣的想法了呢？

我看開了，功名利祿都是過眼雲煙。

阮小七這次也被封賞了統制一職，誰想到沒當幾天，就被王稟和趙譚給狀告了。童貫把事情彙報給了蔡京，蔡京馬上就跟宋徽宗說了。

這阮小七有謀反之心。

傳旨，將他削職為民！

這是賊寇本性不改。

阮小七被貶爲庶民，回到石碣村繼續打漁爲生去了。

柴進看見阮小七被懲罰了，心裡直打鼓。自己可是當過方臘的駙馬爺啊，這筆舊賬要是被奸臣給想起來了，自己肯定惹禍上身。

柴進上奏說自己身體不好，於是辭官回鄉了。李應在中山府做統制，赴任半年後，看見柴進溜了，他也謊稱生病，辭官回家去了。

「大刀」關勝喜歡喝酒，一日操練軍馬時，他因為喝多了而摔下馬身亡。呼延灼則是在率領大軍征戰沙場時，在淮西陣亡。

這大宋天下，此時被蔡京、童貫、高俅、楊戩四個賊臣把持，眞是禍國殃民。高俅見宋江等人得到了賞賜，很是風光，他也動了歪心思，打算陷害忠良。

恨小非君子，無毒不丈夫。咱們得收拾他們！

不能先收拾宋江，盧俊義一生氣會收拾咱們。

楊戩

「奸臣二人組」馬上開始行動，告發盧俊義在廬州招兵買馬，意圖謀反。童貫和蔡京一看，這與他們的想法不謀而合，於是也去宋徽宗那裡告黑狀。

盧俊義不能謀反吧？

肯定是盧俊義嫌棄官小。

不信的話，您叫盧俊義來問問。

宋徽宗一想也對，不如叫他來京，我親自問問。蔡京和童貫馬上說，盧俊義武功厲害，可不能得罪他，應當先賜酒安撫，宋徽宗一聽就答應了。

宋徽宗被奸臣騙過，讓盧俊義喝了有毒的酒，他回去不久就覺得腰腎疼痛，在船上不慎落水而亡。

後悔沒聽燕青的忠告啊。

盧俊義死了，四個奸臣都很高興。他們一不做二不休，繼續陷害其他人。糊塗的宋徽宗又答應了下來，四個奸臣心花怒放。

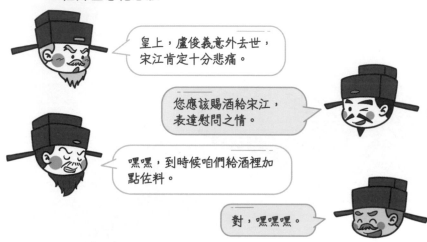

皇上，盧俊義意外去世，宋江肯定十分悲痛。

您應該賜酒給宋江，表達慰問之情。

嘿嘿，到時候咱們給酒裡加點佐料。

對，嘿嘿嘿。

再說宋江在楚州當官，這一天他來到南門外一個叫蓼兒窪的地方，他相中了這裡的風水，心裡想著死後就埋在這也挺好。

這裡是挺好的歸宿。

宋江喝了皇上賜的御酒以後，腹痛不止，心裡知道是
奸臣暗中下了藥。宋江知道是宋徽宗聽信讒言，才賜
下的藥酒，這下自己算是活不成了。可是李逵還在潤
州當官呢，他知道這事後肯定拎著斧子去玩命啊。

宋江連夜給李逵報信，叫他速來。宋江在酒桌上邊喝
酒邊說了朝廷給毒酒的事情，李逵一聽就生氣了。

宋江淒然一笑，告訴李逵，說那慢性毒藥李逵也已經喝了。李逵一聽，心想這是什麼事啊。

你剛才喝的也是毒酒，回家就得死了。

哎呀，那好吧，我跟著哥哥一起死也可以。

我看好了蓼兒窪那裡，風景跟咱們梁山泊差不多，咱倆一起埋在那吧。

好吧。

宋江和李逵很快就中毒身亡，被雙雙埋葬在了蓼兒窪。吳用和花榮做夢，夢見二人死去，醒來後淚如雨下。

「紅蓼窪中客夢長，花榮吳用苦悲傷。一腔義烈元相契，封樹高懸兩命亡。」吳用和花榮祭拜了宋江和李逵後，也長眠在蓼兒窪了。

宿元景太尉把事情上報給了宋徽宗，宋徽宗下了諭旨，封宋江為「忠烈義濟靈應侯」，在梁山泊修建廟宇，大建祠堂，還御筆親書「靖忠之廟」四個字。
這正是：
「天罡盡已歸天界，地煞還應入地中。
千古為神皆廟食，萬年青史播英雄。」

歷史上的方臘起義

「征方臘」是《水滸傳》最慘烈的一次戰役，經此一役，梁山好漢死傷過半，梁山隊伍元氣大傷，宋江等人的悲劇結局也於此埋下伏筆。這一描寫多少是符合史實的，歷史上徽宗朝的方臘起義確實聲勢浩大。

宋徽宗迷戀花石竹木，就在江南設立「蘇杭應奉局」，派專人四處搜刮奇花異石。各級官員趁機肆意壓榨百姓，江南民眾都苦不堪言。

方臘是睦州青溪縣（今浙江淳安西北）人，青溪縣盛產竹木漆，也就是朝廷重點壓榨地區之一。方臘原本是一個漆園主，可朝廷的剝削已讓漆園難以維繫，於是秘密召集了一批貧苦民眾，誓師起義。方臘自稱聖公，設置官吏將帥，建立農民政權。不到十天時間，就吸引了數萬人加入起義軍。起義軍在極盛時期，曾佔據了浙江、江蘇、安徽、江西等地的六州五十二個縣。《水滸傳》對方臘起義的浩大聲勢也有描述：「今江南草寇方臘反了，占了八州二十五縣。」

起義爆發後，宋徽宗驚恐萬分，連忙派童貫率領 15 萬軍隊南下平叛。1121 年 2 月，宋軍包圍杭州，起義軍彈盡糧絕，被迫退出杭州，之後逐漸敗退。四月，方臘帶領起義軍退回根據地，在與官軍的戰鬥中七萬多人壯烈犧牲，方臘等最終不幸被捕。但殘餘起義軍仍不斷活躍在各地區，直至 1122 年才被完全鎮壓下來。

事實上正因為當時方臘起義規模宏大，宋朝廷幾乎把全部兵力都用來鎮壓方臘了，才給了宋江等人活躍的機會。

世事一場大夢！

方臘

東床駙馬

《水滸傳》中梁山隊伍征方臘致勝的關鍵是柴進化名柯引做了方臘的東床駙馬，騙取了方臘的信任，才裡應外合打敗了方臘。那麼東床駙馬是什麼意思呢？

東床就是東床快婿的意思，這個典故跟大書法家王羲之有關。東晉時太尉郗鑒派人到丞相王導府上選女婿，王導就說自己幾個兒子都在東廂房，讓來人自己去選。這人看過後回來向郗鑒彙報說：「王家的子弟都很英俊，但聽說太尉您來選女婿，就都變得很拘謹，只有一個人敞開衣襟、露著肚皮躺在床上吃東西。」郗鑒一聽大喜，說這個「坦腹東床」的人正是我想選的好女婿，而這個人就是年輕的王羲之。從此「東床」也就成了女婿的代名詞。

至於「駙馬」，原是一個官職名，全稱「駙馬都尉」，也稱副馬都尉，是皇帝出行時負責掌管副車的官員。曹魏時，何晏以皇帝女婿的身份擔任駙馬都尉一職，從此皇帝女婿被授以駙馬都尉的官職就成為慣例，久而久之，「駙馬」也就成了對帝王女婿的通用稱呼。

小說裡方臘改制建朝：「設文武職台，省院官僚，內相外將，一應大臣」，自立為天子，他的女婿在他的統轄地區當然也稱東床駙馬。

這個年輕人與眾不同啊！

王羲之

撲天雕李應

星名：天富星

座次：11

綽號：撲天雕

身份：李家莊莊主

武器：渾鐵點鋼槍、飛刀（背藏五口飛刀，百步取人，神出鬼沒。）

梁山職司：掌管錢糧頭領

主要事蹟：李應是獨龍崗李家莊莊主，與祝家莊、扈家莊結下同盟，約定互相救應。楊雄、石秀、時遷三人投奔梁山途經祝家莊，時遷偷吃祝家莊的雞被擒後，楊雄與石秀巧遇正在李家莊擔任主管的杜興，便將二人引見給李應。李應在楊雄請求下寫信給祝家莊希望釋放時遷，但祝家莊卻不肯。李應大怒，帶人衝到祝家莊，卻被祝彪暗箭射中臂膀，李家莊自此與祝家莊交惡。楊雄見通過李應未能討回時遷，便告辭離去，到梁山泊求援。李應又贈以金銀。梁山隊伍打敗祝家莊後，吳用設計將李應劫上梁山，還將李家莊燒成了平地，李應只得留在梁山。李應上山後總管山寨錢糧金帛。智取大名府時，李應扮做客人，混進北京為內應，與史進一同奪取東門。征王慶時與柴進護送糧草，在龍門山協助柴進擊殺淮西大將廖勝。征方臘時，李應協助水軍作戰，以飛刀殺死守將伍應星。平方臘後，李應受封中山府都統制，在任半年，辭官歸鄉，自在過活。

人物評價：李應上應天富星，在梁山擔任掌管錢糧頭領，可見他出色之處在理財和管理能力，武力並非其所長，所以歷次戰役表現並不算突出。但看他最後能全身而退，就知道他的精明睿智其實毫不遜色。

鵰眼鷹睛頭似虎，燕頷猿臂狼腰。疏財仗義結英豪。愛騎雪白馬，喜著絳紅袍。背上飛刀藏五把，鋼槍斜嵌銀條。性剛誰敢犯分毫。李應真壯士，名號撲天雕。